JN124417

神様に加護2人分貰いました

kamisama ni kago futaribun moraimashita

9

kamisama ni kago futaribun moraimashita

琳太

Rinta

Illustration

みく郎

主な登場人物
Main Character
チャチャ
家事全般を
やってくれる
家精霊。
ささはしゆきね
笹橋雪音
フブキの幼馴染。
離れ離れになって
しまった彼の身を
案じている。
あまさかふぶき
天坂風舞輝
異世界に無理やり召喚された高校生。
一緒に召喚された同級生とはぐれてしまう。
地球の"神"様から、
加護やユニークスキルを
大量にもらっている。
まきのかなた
牧野奏多
ユキネの親友。
実はネット小説や
ゲームが好き。

ジライヤ
フブキの従魔。
三頭の中ではお兄さん
ポジション。
ルーナ
豹獣人の女の子。
魔物に食べられていたのを
フブキに助けられ、
ともに行動する
ようになる。
オロチマル
フブキの従魔。
自由奔放な末っ子
タイプ。
ツナデ
フブキの従魔。
姉御肌の
女の子。

目次

第一章　再会からの近況報告

俺、天坂風舞輝は、スクーナの町中を冒険者ギルドに向かって走っていた。

この世界に来るときにはぐれ、ずっと捜し続けていた幼馴染の笹橋雪音と彼女の友達の牧野奏多らしき人物二人が、《アクティブマップ》に白点としてギルドの近くに表示されたからだ。

『マスター、対象が移動を始めました』

町は人が多すぎて《アクティブマップ》の縮尺を大きくしても、人を表す点が重なり、目的の白点が視認しづらい。だけどそこは《ナビゲーター》だ。俺が見分けられなくとも、白点に向かって的確にナビゲートしてくれる。《ナビゲーター》の言う通り進めば……

「え、どっち？」

『進行方向はこのままで問題ありません。建物から外へ出たようです』

町中をかなりの速度で駆け抜ける俺を、道行く人が訝しげに見るが、そんなことはどうでもいい。

『マスター、そこを右に曲がってください。そこから屋根に上がって移動しましょう』

道なき道を指示するなんて、カーナビにはできないね。《空間魔法》で足場を作り出し、屋根の上に行くと、《縮地》を使って屋根から屋根へと移動していく。

そうすることで、あっという間に町の北東部に着いた。

『ここからは道に降りてください』

「わかった」

返事と同時に飛び降りると、周りにいた人が「きゃあ」「うわあ」と声を上げた。俺は「すみません、急いでるんで」と、一応声をかけながら走り去る。

『そこを左に行くと、冒険者ギルド前の大通りです』

目的の場所が近づくごとに《ナビゲーター》が《アクティブマップ》の縮尺を拡大していく。ようやく俺にも白点が確認できるようになった。

二人まであと百メートル。冒険者ギルドに近いせいで通りには冒険者が多く、シルエットで判別はつきにくく——あっ！

「雪音、雪音！」

見つけた。あそこの二人連れだ。

「雪音ぇ！」

名前を呼ばれたことで振り向きかけた雪音。俺は急制動をかけて彼女の目前で止まり、緩く抱き締めた。今の俺が思いっきり抱き締めたら雪音が潰れてしまうだろう、という意識がどこかにあったんだと思う。力加減を忘れなかった俺、グッジョブ！

雪音をこんなふうに抱き締めたのって、小学校低学年以来かも……っておい、それよりだ。すぐに全身くまなくおかしなところがないか見る。なんだか痩せてないか？

「雪音、雪音、雪音。雪音無事か？　怪我してないか？　めしちゃんと食ってるか？　ちゃんと寝てるか？」

寝不足か？　ちょっと顔色も悪いような。

「しまいには〝歯磨いているか？〟とか言いそうね。ちょっと天坂くん、雪音だけじゃなくて、私もいるんだけど」

「あ、牧野、す、すまん」

牧野が俺の肩をこづいてきた。えっと、牧野……だよな？

なんか髪の毛が短くなってて、しかも黒くもなくなってる？　夜中に伸びてきそうな、日本人形みたいな髪型だったのに。あ、よく見れば、雪音の髪色も違うぞ？

「ふ、風舞輝ぃ、ふぶぎぃぃ……」

大泣きしながらしがみついてきた雪音の背中をトントンとあやすように叩くが、声はさらに大きくなった。

「可愛い顔をぐしゃぐしゃにして泣いている親友を人目に晒すのは、ちょっと憚られるわね。ていうか、あなたも泣いてるの？」

「そういう牧野も泣いてるぞ」

俺が手で目元を擦(こす)ると、牧野もそっと目頭(めがしら)を拭(ぬぐ)った。

「場所、変えましょう」

その意見には賛成だ。気がつけば人垣が俺たちを遠巻きに囲んで、生温かい眼差(まなざ)しを注いでいたからな。


「よがっ、よがっだよ、ふぶぎぃ、ぐずっ」

「うん、心配かけた」

再会した場所が冒険者ギルドや各種ギルドのある大きな通りだったので、すぐ近くには宿が多数あった。

冒険者ギルドに近いところにある宿は中級から上級冒険者向けのため、そこそこ上等な部類に入る。俺たちはそこに移動した。いつもなら、俺は宿を決める際、車庫の有無を考慮してもっぱら商隊御用達宿を選ぶから、冒険者仕様の宿には泊まったことがないんだよな。

二人部屋を取ったのだが、上等な部類の割に狭いし殺風景(さっぷうけい)だ。ベッドが二つとクローゼット以外に家具がない。テーブルとか椅子もなく、座れる場所といえばそのベッドぐらい……仕方ないよね。やましい気持ちはない。いや、牧野もいるし。

しがみついている雪音を誘導しつつ、ベッドに腰かける。嗚咽(おえつ)を漏らす雪音の背中をトントンと宥(なだ)めるように叩(たた)く。牧野は向かい合わせにあるもう一つのベッドに座った。

「本当に元気そうね」

牧野はすでに冷静さを取り戻しており、いまだぐずっている雪音に抱きつかれている俺に、諦(あきら)めというか生温かい視線を向けてきた。

「ぐずっ、ぐしゅっ、ぶぶぎぃ」

せっかくの可愛(かわい)い顔が涙と鼻水で台なしである。手のひらにポケットティッシュを〈複製(デュプリケイト)〉して雪音に渡す。

「ほら、これで鼻かんで」

「うん、ありがど」

俺に抱きついていた腕が解(ほど)かれ、雪音はティッシュを手に居住まいを正す。べ、別に残念だとか思ってないんだからな。革鎧のせいでその何の感触とか全然わからんかったし。

俺の心の中の動揺など知らずに、雪音は受け取ったティッシュを数枚一度に引き出し俯(うつむ)いてチン、と可愛(かわい)く鼻をかむ。おもいっきりかまずに、小さく、そして俺から見えないように顔を背(そむ)けてかむ雪音。そんな仕草がいかにも雪音らしく、変わっていないんだな、とどうでもいいことを考えた。

「ちょっと、天坂くん、それって……」

「あ、ポケットティッシュ……」

地球産のポケットティッシュを見て驚く牧野に、指摘されて初めて手の中のポケットティッシュを確認する雪音。

「ん、いくらでも出せるから、遠慮しなくていいぞ」

そう言ってポケットティッシュを〈複製（デュプリケイト）〉して、ベッドの上にぼとぼとと落とした。

「え？　《アイテムボックス》から出しているの？　なんでそんなにティッシュを持ってるのよ。その数おかしくない？」

牧野が立ち上がり、掴みかかってきそうな勢いで俺に詰め寄ってきた。

「ちょっと、待って待って、いろいろ聞きたいのはこっちもあるけど、まずは最初のところから話を擦り合わせようぜ」

「え、あ、うん、そうね」

「うっ、うう、ぶぶぎぃ」

ちょっと収まりかけていた雪音の嗚咽（おえつ）が再度繰り返されたが、今度はティッシュを両手に握りしめているので抱きつかれなかった。でも、話ができそうにないから、ちょっと魔法を使うか。

「雪音、ちょっと魔法かけるぞ。〈冷静（カーム）〉」

使いどころのなかった《聖魔法》レベル３の呪文が役立つときがきた。

キラキラとした光が雪音を包む。

「なにごれ、ぎれい……」

泣きすぎて声が掠（かす）れているのも治療しておこう。

「〈中度怪我治療（ハイキュア）〉」

「それって《聖魔法》？　え、《回復魔法》も使えるの？　天坂くんって、雪音と同じ魔法治癒師なの？」

俺の魔法を見て、またも詰め寄る牧野。

「いや俺、テイマーだけど」

「キキッ」

後頭部に張りついていたツナデ分体が、ここにおるでとばかりに頭の上に乗ってきた。

「え、そういえば何かひっついてたわね」

「わあ、白いお猿さん」

「ちょっと待って、なんだかいろいろおかしいわ」

「いや、だから擦り合わせをだな……」

どちらも聞きたいことと言いたいことがありすぎて、肝心の話に入れないでいる。

「と、とにかく最初からだ。俺を突き飛ばしたのって、やっぱり勇真（ゆうま）だよな」

その話を切り出した途端、二人はハッとして居住まいを正す。雪音が俺の隣から対面のベッドに座り直した。落ち着かないのか座りいい場所を探すためか、モゾモゾと腰の位置をずらした。

「やっぱりあの勇真（バカ）が天坂くんを突き飛ばしたの？」

俺の質問に質問で返す牧野。

「足元が光って眩（まぶ）しくて何も見えなくなったと思ったら、突き飛ばされた。だから見てたわけじゃないけど」

「そんなことをするのって、あの馬鹿しかいないわね」

「やっぱり、絶対そうだと思った」

牧野も雪音も証拠はなかったが、確信していたようだ。

あいつの普段からの行いを考えれば、な。

「なあ、俺たちを召喚したのってスーレリア王国だよな。勇真は今もスーレリアに？」

「そう、召喚したのはスーレリアって、なんで風舞輝はそのことを知ってるの？」

雪音がびっくりして俺の胸元を掴んできた。

「ちょ、落ち着け。いや、もう俺の話を先にした方がいいか」

「そうね、とりあえず天坂くんの話を先に聞いて、あとで私たちの話にしましょうか」

俺の提案に牧野が賛成したので、俺から話をすることにした。

「えっと、突き落とされてたどり着いたのが、今いるラシアナ大陸じゃなくって、北にあるエバーナ大陸ってところの大体ど真ん中かな」

ラシアナ大陸の地図はあるが、エバーナ大陸の地図はないので、《インベントリ》から日本製品を詰めてあるスクールバッグを取り出し、筆箱とルーズリーフを広げる。

おおよそだが二つの大陸と、オスンテス島を描いた。

「エバーナ大陸のほぼど真ん中にある、ベルーガの森ってところに落とされた、というか飛ばされたんだ」

赤ペンで自分が降り立ったと思われる位置に星印をつける。

「は？」

牧野は口を開けたまま固まった。

「別の大陸？」

雪音がこてんと首を傾げる。

「そういえば、ギルドの受付嬢が〝船で港に〟とか言っていた気が……」

二人はあまりの遠さに驚く。いくらなんでも別大陸だとは思いもしなか……いや、ちょっとは考えたらしい。

うん、まじで遠かったよな。移動ばかりしていたわけじゃないが、召喚されて今日で……

『八十三日目です。マスター』

もうそんなになるのか。なんだかんだやっている間に三ヶ月近く経つ、いや、三ヶ月しか経っていないことに驚く。いろいろあって、もっと経っているような気もするし。

「私たちがいるのがこっちの大陸だって、よくわかったわね」

「これって、もしかして再会できなかった可能性もあるんじゃ……」

俺と合流できなかった可能性を考えて、雪音の顔が青くなる。

その可能性は、俺の方は《ナビゲーター》のおかげでなかったけど、二人には確かにあったんだよな。

「もっと近く、いいとこ近隣の国にいるかと思っていたわ」

尋ね人が国内限定依頼だったことを考えると、牧野もそんなに遠くだとは思っていなかったようだ。

「俺の方は《ナビゲーター》があったから。えっと、神様が〝生き抜く力〟をくれるって言ったろ。俺は《ナビゲーター》、〝この世界の情報を教えてくれる力〟を希望したんだ。それがレベルアップして、今じゃ至れり尽くせりのチート級スキルなんだよ」

思わず《ナビゲーター》の自慢をしてしまう。

『そう思っていただけて光栄です。マスター』

レベルが上がって人格っぽいものも出てきたせいか、かゆいところに手の届く仕様になってきている。

「雪音たちの居場所が明確にわかったわけじゃないけど、大体の方向は知っていたから迷わずに進むことができたんだ」

「《ナビゲーター》……進む先を示してくれるスキル。えらくニッチな力を望んだわね。よくそれで――」

〝生き残れたわね〟という言葉を呑み込んだっぽい牧野が、驚きと憐憫の混じった表情を向ける。

神様がくれた〝生き抜く力〟は一つだけ。俺はそれを戦闘力ではないものにした。これがＭＭＯゲームとかだったら、戦闘特化能力を選んだだろう。

「実際、《ナビゲーター》だけじゃ早期に詰んでいたと思う。けれど、俺がここまで無事で来られたのは、ある意味勇真のおかげでもあるんだよ」

「「えっ？」」

勇真のおかげ。その言葉に二人は驚愕する。まあ当然かも。

「二人とも《異世界神の加護》って貰ってるだろう」

「ええ、あるわ」

「地球の神様がくれたんでしょう」

牧野も雪音も実際に会って話をしたんだから、地球の神様がくれたことを疑っていない。

「加護の他に称号も貰ってるだろう」

「《異世界から召喚された者》なら、私も雪音もあるわ」

牧野が答える。

「この世界じゃ、加護も称号も神様とかの上位存在が付与するらしいから、自力でどうこうできるものではないって教えてもらったよ」

雪音がそう付け加えた。二人は召喚されてすぐ、この世界についていろいろ教わったそうだ。その中で、美形神官に神様関係のことを教わったという内容も口にした。なにその美形神官って？

「こっちに来た時点で、俺には他にも称号がついてた。《落とされた者》って称号。その効果は《落とした者》の加護を貰うってやつだったんだ。俺、《異世界神の加護》を二人分貰ったんだよ」

「「……二人分？」」

「そう、二人分。で、ユニークスキルが《ナビゲーター》以外にもう一つあった。その〝もう一つ〟が《コピー》で、ものを複製できるんだ。これでティッシュを量産できるわけ」

さらにティッシュペーパーを追加で〈複製(デュプリケイト)〉してみせる。

固まる二人。だけど牧野の方が先に溶けた。

「は、は、はは、わははははは、二人分！　じゃああのバカには加護がないってこと!?　いい気味！　なんて〝ざまあ〟」

いきなり立ち上がり笑い出す牧野に、思わず目が点になった。

もっとお淑(しと)やかな感じかと思っていたんだが……

「風舞輝、カナちゃんは結構猫かぶってるから」

「え、あ、そうなの？」

『フブキ～、どこにおるん？』

腹を抱えて笑う牧野が落ち着くまで少し待とうかと、雪音と二人で彼女を眺めていた。

「あ、ツナデ」

〈念話〉でツナデから連絡がきた。あんまり話は進んでないけど、時間は経っていたようだ。

『冒険者ギルドの近くまで来たよ』

続いてルーナが《念話》してきた。

『フブキ、宿の中におるんか？　ウチらはどないしたらええ？』

ツナデは分体を通して俺の状況を把握(はあく)しているらしい。

『宿で車庫を借りよう。今から迎えに行く』

〈マップ〉を見ると、本当にすぐ近くまで来ていた。

「どうかしたの、風舞輝？」

〈念話〉をするために俺が急に黙り込んだので、雪音がこっちを心配そうに見る。

「うん、俺だけ先に走ってきたから、仲間が獣車でこっちに向かってるんだ。あ、今のはテイマースキルの《意思疎通》の一つ、〈念話〉っていうやつで、離れた仲間と声を出さずに会話ができるんだ」

「えらく便利……って、テイマーってことは相手はモンスターでしょう？　意思疎通できるくらい知能が高いモンスターなの？」

牧野が驚いているが、そういう説明は後だ。

「後で紹介するよ。とりあえず迎えに行ってくる」

「私も一緒に行く」

俺が立ち上がると、雪音も立ち上がった。

「じゃあ、全員で行きましょう」

牧野の提案で全員で迎えに行くことになった。あ、俺の分身体どうしよう。まあ隠す必要もないか。

宿の受付で車庫を借りたい旨を伝えると、この宿には厩舎(きゅうしゃ)はあるが車庫はないので、車は冒険者ギルドの駐車場を使うように言われた。うーん。壁も屋根もある車庫がいいんだが、そういうのはやっぱり商隊御用達の宿じゃないとダメっぽいな。

冒険者って、自前の車とか輓獣とかをあんまり持たないみたいだ。ただ、テイマーやブリーダーはいるし、騎獣を持つ冒険者もいるので、厩舎はあるのか。

とりあえずは合流して、箱車に乗って移動しながら話をするか。

外に出ると、道をこっちに向かってくる箱車が見えた。

俺を見つけたルーナが、御者台の上で立ち上がり、手を振ってくる。

「フブキ！」

「こっちだ」

「あれが風舞輝の仲間なぁっ？」

雪音が途中から変な声になった。

「……天坂くん、双子だったかしら」

牧野も訝しげというより、威圧を込めた目で睨みつけてきた。そう、手を振るルーナの隣に、今の俺と寸分違わぬ姿の分身体が座っている。そして小さく手を振っていた。

「いやいや、あれは分身スキルで作り出した俺の分身です」

「「なんでそんなスキル持ってるの!!」」

二人が声を揃えて突っ込んできた。

「え、だって《スキル習得難易度低下》の効果でいっぱい増えたぞ……神様に貰ったよね？《スキル習得難易度低下》」

「「そんなスキル貰ってない!!」」

あ、これ《落とされし者》の効果だったか。

まああと宥めながら、車を一旦停めて、二人にも乗るように言う。

「雪音、ようやく会えた……」

分身体が雪音を見てうっすらと涙を浮かべて、心なしか手綱を持つ手も震えている。

経験を共有してないから、分身体は今再会したことになるのか。ややこしいので一人に戻ろう。

「〈合身〉」

「「消えた!!」」

目の前で分身体の俺が一瞬で消滅したせいで、二人が驚愕の声を上げる。

もう一度感動の再会やってる場合じゃないし、雪音たちは二度目だから感動も薄いだろ。

俺は二人に乗るように改めて促し、自分は御者台に座る。一応手綱を手に、箱車を引くジライヤに行き先を告げる。

「ジライヤ、このまま大通りを進んで商業地区に向かってくれ。ここの宿は、厩舎はあるが車庫はないんだ」

「わかった」

「「喋った!」」

今度は会話するジライヤに驚く二人。さっき意思疎通ができる〝知能があるモンスター〟の話は出たけど、実際に喋れるとは説明しなかったな。オロチマル以外は会話ができるようになっている。多分オロチマルも進化すれば喋れるようになると、俺は踏んでいる。

仲間を紹介しようとしたんだが、執事精霊のチャチャが現れて提案してきた。

「家主様、車内ではろくなおもてなしができません。家を出していただけませんか」

「「羽生えてるし、飛んでるし、喋ってる!!」」

ツッコミがすごいんで、厩舎とかより、周りを気にせず話せる家の方がいい気がしてきた。まずは、商業地区まで行くのをやめ、近い冒険者ギルドの駐車場に行こう。

箱車は預けて、ゲートでオルニス森林に行き、そこで家を出す方がいいかも。それなら、厩舎じゃなく冒険者ギルドの駐車場で十分だ。

ジライヤに行き先を冒険者ギルドの裏手へ変えるように伝えた。ここの冒険者ギルドでは貸獣車とかもやっているようだ。冒険者は持つより借りるのか。

冒険者ギルドの建物をくるっと回ると、裏手には結構大きめの駐車場があった。とはいえ、ほとんどが冒険者ギルドのレンタル用の荷車か、素材買い付けの商人の車などが停まっているっぽい。

二、三日借りるかもと話したら、係員にすぐ出さないなら奥の方に停めるように言われた。

こっちもその方がありがたい。奥まった場所に箱車を停めると、ジライヤとオロチマルの牽引具を外す。雪音たちにも一旦降りてもらう。

「えっと、宿に戻るの？」

首を傾(かし)げる雪音。

「いや、宿じゃなく、家にご招待な」

箱車の扉に重ねるように〈空間記憶〉をしてゲートを繋ぐ。行き先はこのところずっと使っているオルニス森林だ。

ゲートと箱車の扉を重ねることで、一見すると車の中に入るようだが、実際は扉を潜(くぐ)るとそこはオルニス森林という仕組みだ。扉サイズよりゲートの方を大きくしてあるから、オロチマルも通れる。

「なにこれ、どここ？」

頭に疑問符を浮かべる雪音が、扉の向こうにある森の風景を見てさらに混乱をきたす。

「もう驚き疲れたんだけど」

牧野がありえない景色を目に、諦観(ていかん)めいた、いや表情がなくなったといった方がいいか。

「えーっと、《空間魔法》の〈空間記憶〉と〈空間接続〉を使った移動方法？　一応ゲートって呼んでるけど、《転移魔法》じゃないんだ」

何度でも繋ぎ直せるものの〈空間接続〉には時間制限があるからね。ちょっと急(せ)かす。

「さあさあ、通った通った」

ルーナたちが先に通ったその後を牧野が、そしておそるおそる雪音が通って最後に俺が通る。

町中（まちなか）と違って鬱蒼（うっそう）としげる木々が夕日を遮（さえぎ）って、もう夜と言っていいほど森は暗い。けれど、この空き地はログハウスが出せるほど広いので、まだ茜色（あかねいろ）の日差しが差し込んでいた。

　俺はログハウスを設置する。

「突然家が？　まさか《アイテムボックス》なの？　《アイテムボックス》に家をまるっと入れてるの？」

　牧野が突っ込んでくるが、雪音はログハウスを見た時点で言葉を失って固まっている。

「《アイテムボックス》って個数制限はあるけど、大きさとか重量の制限はないだろう？　家が一つの単位と判定されて入ったんだよ」

「そうだけど、そうだけど、大きいものの出し入れはＭＰ消費が……」

「そうなの？」

　《アイテムボックス》って、出し入れにＭＰを消費するんだ？

『イエス、マスター。しかし、家を手に入れた時点でのマスターの総ＭＰを考えれば微々たる量です』

　ですよねー。

『現在は《インベントリ》になってますので、《アイテムボックス》にはあった重量や質量によるＭＰ差は発生しません』

　でしたか。

　俺たちがやりとりしている間に、ルーナたちは先に家に入っていった。オロチマルもジライヤにならって、玄関に敷いているマットで足を拭いて入っていく。

「二人とも、とりあえず中に入って」

「……」

「……お邪魔します」

牧野は無言で、雪音はおそるおそる声をかけて入っていった。

二人は家の中をキョロキョロと見回している。

「男の一人暮らしってわけじゃないからかしら。仲間がいるんだし」

「綺麗に片づいていて、風舞輝らしくない」

いやそうかもしれないけど……うちにはスーパー家政婦——いやスーパー執事かな——なチャチャがおりますゆえ。

「さあさあ、みなさまこちらに。お茶とお菓子をご用意しましたので、お召し上がりください」

チャチャが示すテーブルの上にはクレープやらクッキーやら、いろいろ並べられていた。

「「いっただきまーす」」

すでにテーブルについていたルーナとツナデが先に食べはじめた。

牧野と雪音も恐々と椅子に座る。そして目の前に並んだ、現代日本と遜色ないスイーツに目が釘づけになっていた。

「食べて」

俺が勧めると、二人はカトラリーを手に持ち、ゆっくりとクレープを切り分け口にする。

ルーナやツナデのように手掴みじゃないんだな。

「甘い」

牧野が口の中のクレープを呑み込むと、小さくつぶやいた。

クレープを口にした途端、雪音が両目からポロポロと涙をこぼす。泣き出した彼女に焦る。

「どどど、どうした、雪音」

「うう、ぐずっ、おいひい、おいひいよぶぶぎ」

慌てて雪音の背中を撫でる。ルーナもツナデも、クレープを食べる手が止まっていた。

「スーレリア王国からの逃亡生活じゃあ、甘味なんてなかなか口にできなかったから」

牧野が雪音の泣き出した理由を説明した。

それだけじゃない。甘味はこの世界では高級品だった。チャチャでさえ、俺が教えるまで甘味のレシピはあまり知らなかった。だが、今じゃそんなレシピの数々も魔改造されて、俺が教えたのかどうかわからないくらいの品になっている。

まあ、砂糖が日本の真っ白な上白糖で、しかも無制限で使えるからっていうのはある。

俺の拙い説明でチャチャが理解できるのかと思ったけど、《調理》スキルのおかげで、俺自身のレシピの理解力が上がっているようだ。こちらの世界の食材に置き換えるのが難しくても、そこをチャチャはうまく調整してくれて、現代日本ばりの料理を出してくれる。スーパー家精霊ありがたや。

「そっか、そうだったか。チャチャ、他のも出して。雪音も牧野も遠慮しないで食べてくれ」

チャチャは、フルーツゼリーやハチミツたっぷりパンケーキなんかもテーブルに並べていった。

俺のお願いに「もうすぐ夕食なんですが」と言いつつ、二人の食べっぷりに気をよくしたのか、いろいろ出してくれた。


仲間の紹介はある程度食べ終わった頃に、お茶を飲みながらすることとなった。

「さて、落ち着いたところで紹介するな。俺と一緒にこの世界に来た、こっちが幼馴染(おさななじみ)の笹橋雪音と、その友人の牧野奏多さん」

まずは二人をうちのメンバーに紹介する。次はこっち。

「俺が転移してすぐに出会ったのが、ブラックウルフの子供だったジライヤ。今はダークフェンリルっていう種族に進化してる。サイズはスキルで変えられるが、本当は象サイズくらい」

今は出会った頃の子犬サイズで、俺の足元にいる。

「サスケちゃん?」

「もふもふ」

雪音は昔俺が飼っていた犬のサスケを思い出したのかな。サスケはボーダーコリーで、白と黒のツートンカラーだった。ジライヤはダークフェンリルになってさらに黒さが増しているというか、光を反射しないマットな毛質だ。牧野はその手をわきわきさせないでほしい。

「次がフォレストマンキーの子供だった、ツナデ。今は進化してハヌマーンって種族」

フォレストマンキー時代、身体が白かったのは特異体だったからだけど、ハヌマーンは白いのが普通の種族だからか〝特異体〟がなくなっている。もしかしたら、特異体でないとハヌマーンには進化できないんだろうか？

「よろしゅう」

「「喋った!!」」

「あ、うん。ツナデとジライヤだけじゃなく、オロチマルも言葉は理解している。ただ、声帯とか口の構造の関係で、流暢に喋れるのはツナデだけかな」

その言葉にちょっとドヤ顔になるツナデだった。

「で、こっちがオロチマル。コッコトリスの卵から孵化したときにインプリンティングしたのか、俺のことを〝まま〟呼びする……」

「それ、ウチらにしか聞こえへんから、言わんかったらわからんのに」

あ、そうだった。

「まあ、それは置いておいて、進化してクルカンって種族になった。最初はテイマー契約した従魔だったんだけど、いろいろあって今はみんな眷属になってる」

オロチマルが頭を擦りつけてきたので撫でてやる。

「どれもすごく高ランクなモンスターみたいね。ていうか、フェンリルって伝説級じゃないのかしら」

日本のラノベやゲームでは出まくりのフェンリルだから、こっちの知識としてではないものの、そっち系に詳しい牧野は知っているっぽい。

「ギルドの討伐依頼では見たことのない名前だね」

雪音がそっとジライヤの頭を撫(な)でる。ジライヤは俺を見て、嫌がらずに撫(な)でられている。

確かローエンのギルドマスターに、マーニ＝ハティの時点で珍しい的なことを言われたな。ダークフェンリルなんてさらにってとこだろう。

「そして、こっちが家精霊(ブラウニー)のチャチャ」

「よろしくお願いします」

ペコリとお辞儀(じぎ)をして挨拶(あいさつ)をするチャチャ。

「ブラウニーって、スコットランドの伝承にある、家事を手伝ってくれるあの？」

おばあちゃんがノルウェー人でクォーターの雪音だから、スコットランドの伝承とか知っているのか？　俺のは牧野同様、ラノベとゲームの知識だけど。

「それに近いかな。こっちじゃ妖精でなく精霊だ。この家の元になった家にいた家事精霊(キッチンブラウニー)だったのが、俺と契約して今は執事精霊(バトラーブラウニー)になってる。家事全般から家の管理までいろいろしてくれるスーパーな精霊です」

「お褒(ほ)めにあずかり光栄です。家主様、お茶のおかわりはいかがですか」

少し照れたチャチャが、誤魔化(ごまか)すようにお茶を注いで回る。

「どこから突っ込んだらいいのかしら」

「だから家が綺麗なんだね」

牧野と雪音がなんだかつぶやいている。

そして最後になったルーナは、俺が口を開く前に自己紹介をした。

「フブキの眷属のルーナです。一緒に冒険者をしてます。やっと会えたね」

「ええっと、豹獣族のルーナ。こっちに来て最初に出会ったこの世界の人。いろいろ事情があってですね……」

そこまで言うと、雪音がジト目で睨んできた。

「天坂くん。〝イエス、ロリータ、ノー、タッチ〟よ。わかっているでしょうね」

牧野からドス黒いオーラが立ち上る幻が見えた。

「ここここれには、マリアナ海溝より深い訳がありまして」

「ほほう？　伺いましょうか」

「あの、あの牧野さん？　腰の剣に手を伸ばすのはちょっと」

「大丈夫、少々の怪我なら雪音が治せるから」

そんなやりとりをしていると、ジライヤが巨大化して俺の前に。

ツナデは分体を五体も出して牧野と雪音を囲む。得意の《木魔法》ではないのは家の中だからか。

オロチマルだけは訳がわかっているのかいないのか、遊びと思っているのか『わーい』と楽しそうな声を上げながら、俺を後ろから翼で包み込むように防御した。

そしてルーナはいつの間にか、牧野の背後から首元にナイフを当てていた。

「ス、ストップ、ストップ！　これ本気じゃないから、遊びの一種。ルーナ、牧野から離れて」

「そうなの？」

俺の言葉にルーナがナイフを引く。全員戦闘態勢は解除したものの、牧野に対して警戒したままだ。

「いつの間に……」

ただ呆然（ぼうぜん）とする雪音。

「ごめんなさい、少しふざけすぎたみたい。あなたたちにも謝るわ」

牧野はルーナたちに素直に頭を下げると、椅子に座り直した。

「悪い。みんな俺を守ろうとして……」

「いいえ、こっちこそ申し訳なかったわ。ここは日本じゃないもの。あなたに会えて気が緩（ゆる）んだってところかしら。それに、天坂君はいい仲間に巡り会えたってわかったわ」

そう言いながら震える手でカップに手を伸ばす牧野。冷静に見せているが、内心はそうでもないらしい。雪音は俺と牧野の間をどっちに行こうか、でもどっちにも行けずにオロオロしている。

俺は雪音を落ち着かせようと、笑顔で告げる。

「雪音、大丈夫だから座ろっか」

「あ、うん」

お互いちょっとバツが悪い感じだったところへ「冷たいものでも召し上がって、気持ちを冷ましてくださいな」と、チャチャが冷えたフルーツシャーベットをみんなの前に置いた。

「ありがとう、チャチャ」

「いえいえ」

日本人的感覚ではちょっとしたおふざけなんだが、ルーナたちにとっては〝武器に手をかける〟ことは敵対行為なんだろう。唯一オロチマルが遊び感覚だったのは、牧野から敵意も悪意も感じなかったからにちがいない。

嬉しいけど肝が冷えた。俺は温かいエント茶を貰おうっと。

そして少し落ち着いたところで「その深い理由って何？」と雪音が聞いてきた。

「ルーナは本来は十六歳で、出会ったときは普通に成人だったというか、子供じゃなかったんだ」

「えっと……」

そんな説明じゃ二人もわかるはずがなく、最初から順に話す。出会ってからのこと、冒険者になってからのこと。そして、ビッグベアとキラーグリズリーとの戦いで、死にかけたルーナのこと。

「うそ……」

「そんなことが」

「俺の《治療魔法》は、その当時はレベルが低くて、到底治せるものじゃなかった」

俺たちの話を聞きながら、当の本人はというと――

「そうなの？」

「そや、アンタ血まみれやったで」

「フブキ、必死で魔法かけていた」

「あー、最後にはＭＰきれて気失のうたしなあ」

と、当時の状況を知っているジライヤとツナデに説明を受けているものの、やはり以前の記憶は戻っていないようだ。いや、死にかけたショックで忘れているということもあるのかな。

「で、《ナビゲーター》のアドバイスで、治療できるスキルを作ったんだ」

「「スキルを作った⁇」」

二人は声を揃えて驚く。本当に仲良いよな。

「うん、《スキル習得難易度低下》のおかげで《魔法構築》ってスキルを手に入れて、それで《メディカルポッド》ってスキルを作ったんだ」

これは、《ナビゲーター》があったからできたスキルでもある。単に《スキル習得難易度低下》や《魔法構築》だけでは取得不可能だった。

「スキルを作ったって、簡単に言うのね、天坂くんは。もう何が何だか」

「すごい、それで治療できたの、風舞輝？」

「いや、出来立てスキルでレベルが低くて」

あのとき《ナビゲーター》はなんて言ってたか。

「えっと、確か……『残存細胞にて再構成』って言ってたかな。それで不足した下半身の分を補うために身体が再構成された、的な？」

「治療が終わったら子供になっていたと」

牧野が補足するようにつぶやく。

「……風舞輝、私が死にかけたときは、別の方法でお願い」

「いや、雪音、今はスキルレベルが上がってるから。そういうことはないから、ちゃんと治せるし。部位欠損だって治せるよ」

「『部位欠損……』」

驚きを通り越して呆れたというか、二の句が継げないという顔で俺を見る二人。

「ねえ、ユッキー」

「なあに、カナちゃん」

牧野が雪音と向き合って二人で会話をし出した。時々こちらにジト目を向ける。

「天坂くんだけ、違う法則の世界に飛ばされたんじゃないかしら」

「うん、何か状況というか、一人だけおかしい気がする」

「私たちの苦労って何だったのかしら」

「あんなに心配してたの、必要なかった気がする」

うう、俺だって苦労したよ、したよね。あれ、したっけ？

「お嬢様方、お風呂のご用意ができましたので、さっぱりされてはどうですか？」

お湯を溜めていてくれたらしいチャチャが二人に勧めた。

「「お風呂!!」」

喜ぶと思ったが、なぜかすごい目つきで睨まれているんだが。

「お風呂まで完備……」

「チート、チート野郎がここに」

雪音と牧野の反応がおかしい。

「国によって習慣は違うけど、エバーナでもテルテナ国には風呂があったし、こっちの人族の国にもお風呂の習慣があったろう？」

「あったけど、あったけど、お風呂付きの宿なんて高くて泊まれなかったわ」

そういえば、二人とも全体に薄汚れている。依頼を終えた直後だからってだけじゃないのか。

「ちょうど大きめの桶でも買ってお風呂がわりにしようかって、雪音と相談していたところだったのよ」

あー、俺もそれやったわ。

「チャチャ、二人にお風呂の使い方を教えてあげて」

「はい、ではお嬢様方、こちらにどうぞ」

二人はチャチャに先導されて、風呂場に向かった。

それを見送りながら、溶けかけたシャーベットを口に運ぶ。

「なんか、フブキの探しとった人間、大変やったみたいやな」

「疲れている」

ツナデとジライヤが俺の横にひっついてきた。

オロチマルはずっと俺の背中にひっついたままだ。

「あーゆう態度とっても、本気じゃないから。特にルーナ、二人に武器向けたりしないように」

「んー、わかった」

ちょうどチャチャの「洗濯物はこちらに」という説明が聞こえてきた。その少し後に二人の歓喜の叫び声。食べかけのシャーベットを噴き出しそうになった。

『なあに？　どうしたの？』

悲鳴を聞いて、背中にひっついていたオロチマルが顔を上げる。

「ああ、多分あの二人は、お風呂が好きなのにあんまり入れなかったから、喜んでいるんだろう」

「お風呂が好きって、変わってるね」

ルーナは風呂嫌いだからな。まあ、エバーナ大陸のルーナの出身地、あのあたりの獣族に入浴の習慣がないから仕方ない。

とにかく、二人ともこの数ヶ月、大変だったみたいだな。装備のせいでわかりにくかったが、やっぱりちょっと痩（や）せたみたいだし。

「チャチャ、夕食なんだけど……」

戻ってきたチャチャに夕食のメニューをリクエストする。あれだけスイーツを食べた後でも、きっと喜んでもらえるだろう。

◇　◇　◇

「本当にお風呂がある……」

笹橋雪音（私）の隣にいる牧野奏多（カナちゃん）が、マジマジとお風呂を見つめる。二人でも余裕で入れるお風呂に、私たちが思わず声を上げてしまったのは仕方がないと思う。

「このタオルって、ちょっとサイズ感がおかしいけど、地球のものっぽいよね」

精霊のチャチャさんが用意してくれたのは、手ぬぐいみたいなものと、パイル地のフェイスタオルと継ぎ目がおかしなバスタオルだった。

「天坂くんが持っていたタオルなんじゃない？　《コピー》スキルで増やせるって言ってたじゃない」

「そっか、そう言ってたね」

なんだかいろいろ衝撃が大きすぎて、頭が混乱しているみたい。

「とりあえず入りましょ、雪音。お湯はこの魔道具でいくらでも足せるみたい。排水はどうしてるのかしら？」

「保温の魔道具もついててお湯が冷めないって言ってたね」

お風呂に用意されていた石鹸は、こちらの世界のもので、日本の柔らかで泡立ちのいいものではなかった。でも、こちらの世界にしては結構いいものみたいで、フローラルな香りがした。スーレリアのお城で使っていたものに近いかな。

「さすがにシャンプーやリンスはないのかしら。これは何？」

カナちゃんが置かれていた小瓶の蓋を開け、すんとにおいを嗅いだ。途端に顔を顰める。

「どうしたの？」

「これ、お酢みたい。なんでお風呂にお酢？　シンクじゃなくって、浴槽の水垢取り用かしら」

カナちゃんが蓋を閉めて元の場所に戻す。それを今度は私が手に取った。何かハーブとかを混ぜているのか、お酢特有のにおいの中に爽やかな香りもする。

「あ、お酢って、リンスにできるって何かで見た気がする」

「リンスに？」

「うん、確か洗面器いっぱいのお湯に大さじ一杯か二杯くらいだったかと」

「とりあえず、試してみましょう」

「うん」

◇　◇　◇

二人が入浴を終え出てきたときには一時間以上経っていたが、俺は突っ込まないことにし、ルーナたちにも言い聞かせた。

「ありがとう、とってもさっぱりしたわ」

「うん、風舞輝、ありがとう」

牧野と雪音は、荷物は《アイテムボックス》に入れてあったので着替えを持っていた。よかったよ。二人が着られそうな服なんて持ってないし。

あと、ドライヤーの魔道具を買っておいてよかった。

二人はさっぱりした顔だけど、ちょっと疲れた風にも見える。長湯しすぎ?

「お腹すいたろ、チャチャに頼んで日本食っぽい夕食にしてもらったんだ」

「わあ、すごいご馳走」

「……こ、これは」

テーブルの上に並べられた料理を見て、素直に喜ぶ雪音に対し、牧野はある一点を凝視(ぎょうし)して固まっている。

「さあ皆様、温かいうちに召し上がってください」

チャチャに促されて雪音は席につくが、牧野は固まったままだ。

「牧野？」

「カナちゃん、どうしたの？」

「雪音、あなたどうして……いいえ、天坂くん！」

牧野が俺に詰め寄ってきた。

「どうして醤油（しょうゆ）があるの？　っていうか、これマグロよね、お刺身よね！」

「あ、ああ、ちゃんとわさびもあるぞ？」

「わさび！」

「へえ、こっちにもお刺身をわさびで食べる風習があるのね」

「ないわよ！　雪音！　ちゃんと見て。これは日本の醤油（しょうゆ）で、こっちはチューブ入りのわさびよ」

「あ、本当だあ」

普通に受け答えしているが、雪音の瞳から光が消えているような。

「雪音？　雪音！」

牧野も雪音の様子に気がついたようだ。

「〈混乱状態治療（キュアコンフュージョン）〉〈冷静（カーム）〉！」

雪音と興奮ぎみの牧野の二人に魔法をかけた。

「あ……」

すると、雪音がパシパシと数回瞬きして、俺の方を見た。

牧野は落ち着いたのか、そっと椅子に座る。

「風舞輝には、聞きたいことも言いたいこともいっぱいあるけど」

「今はお食事をいただきましょう」

雪音の言葉に続けて牧野が言いつつ箸を取る。

ルーナとツナデも空気を読んだのか、素直に食事前の挨拶を唱和した。

「「「「いただきます」」」」

こちらの世界でも、団体で食事するときは、大皿でどんと用意されて取り分けて食べるという風習がある。だが、俺自身はチャチャが個別に用意してくれるので、その経験はなかった。

今回はせっかくだから、二人が好きなものを好きなだけ食べれるように、チャチャには大皿で提供してもらい、取り分け用の小皿を大量に用意してもらった。まあ、大量に小皿はなかったため、さっき俺が《コピー》した。

こちらの世界には、品によって小皿を取り替える風習がなかったんだよ。金持ちや貴族は知らんけど。

「アジフライ、タルタルが載っているのだけど、こっちの卵は生食していいの？」

アジフライに箸を伸ばしかけた雪音がこちらを見る。

「卵には《聖魔法》の〈浄化〉かけてるから、安心して食べていいぞ」

「魔法の使い方、間違ってない？」

衣はサクッと、中はジューシーなシーマージのフライは、以前俺が作ったものより格段に美味しくできていた。和食だと天麩羅なんだろうが、こういう方が日本食って感じがするのは俺だけ？

「これって海の魚よね。内陸のこのあたりじゃ獲れないわよね」

マグロの刺身にちょいちょいとワサビをつけながら、牧野が聞いてきた。

「隣の大陸から船に乗ってこっちに来たときにいろいろ手に入れた」

オーマーノマグロには、サフェット村の村長の息子に貰ったディーコンで作ったつまもつけてある。

唐揚げを口にした雪音が、目を見張った。

「どうしてカレー粉まで……」

しっかり咀嚼して呑み込んでから、ぼそっとつぶやく。口に頬張ったまま喋るということをしない雪音だった。

「えっと、神様に貰った野営セット一式や《アイテムボックス》に……イロイロハイッテタヨネ？ソノナカニチョウミリョウトカアリマシテ」

俺も、アラームターキーのカレー風味唐揚げを呑み込んだあと、カタコトになってしまった。途中で気づいたが、それは俺だけなのかも……

二人のジト目が……

「「入ってない」」

「皆様、おかわりはいかがですか」

チャチャの言葉に、そっとご飯用の器を差し出す二人。

「ご飯というか、お米はこっちのものなんだね、風舞輝」

「う、うん。さすがに食材まではね。最初はお弁当を持ってたからなんとかなったけど」

神様に硬いパンと干し肉、干しビタンの非常食を十食分も貰っていたことは内緒にしておこう。うん、その方がいい。

「そっか、そうだよね」

「でも、日本食に近いものが食べられるよう、いろんな食材を購入したな」

「風舞輝が作れそうにないメニューもあるよね」

「そこは、うちには超優秀な家精霊がおりまして」

その後は、食に関する思い出話を雪音が語り、俺が聞き役に回った。

牧野は少し目を潤ませながら、刺身を中心に醤油味系を頬張っていた。

うん、塩胡椒や唐辛子やハーブは見た。でも、醤油も味噌もこっちでは見かけなかった。ただ、そっちはヤマトイ国に行けばありそうな気はする。


「た、食べすぎた」

「うん、私もこんなに食べたの久しぶり」

牧野と雪音が苦しむ中、チャチャが淹れてくれたエント茶を啜りつつ、食後のお茶の時間をとった。ツナデたちは気を利かせたのか、先にロフトに上がっていった。

「さっきは本当にごめんなさい。でもよかったわ。天坂くんが苦労してなくて」

牧野が改めて頭を下げる。

「俺は一人だったけど、そっちが二人だからって、苦労してないはずないもんな」

少し落ち着いたところで、改めて俺の方から召喚から今までのことを話すことにした。いろいろありすぎて転移からの状況を話せてなかったから。

「別の大陸って、そんなことになってたなんて」

「でも地球の神様も、こっちのフェスティリカって神様も、助け船を用意してくれてたんだ」

雪音と牧野が頷いている。

俺が落とされた場所から、川を下るのではなく上っていたら、状況は違っていたはず。

「その、この世界の神様、フェスティリカ様って会えるの？」

雪音が尋ねてきた。

「いや、神域ってところに行かないとダメだ。それに次は〝四人揃って〟って言われたしな」

「「四人かぁ」」

三人三様に、ここにいない一人のことを思い浮かべ、大きくため息をつく。

「次は私たちの番かしら」

牧野が気持ちを切り替えるように、話を勇真から自分たちのことへ切り替えた。

「私たちの方は――」

雪音と牧野がお互いの言葉を補足し合いながら、今までのことを話してくれた。

最初から怪しさ満載のお姫様に、美形を揃えてハニートラップとか、なにそれうらやま――しくなんてないいんだからなっ。

結局は勇真の話が出てくるのは仕方ない。アイツってどうしているんだろう？　迎えに行かなきゃならないいんだよな……


「そろそろお休みになられてはいかがですか」

チャチャに言われて、結構な時間話していたことに気づく。

「二人って今、何か依頼受けてる？」

「いいえ、天坂くんは」

「受けてない。だったら、しばらくゆっくりできるよな」

「そうだね」

答えたのは雪音だった。

「とりあえず今晩は上の空いてるベッドを二人で使って。階段上がってすぐのアルコーブの方。ルーナ用に作ったけど、全然使ってないから」

クイーンサイズだから、二人でも余裕だろう。

「……使ってない？　じゃあルーナちゃんって、どこで寝てるの？」

「え？」

「雪音、落ち着きなさい。天坂くんにそっちの嗜好（しこう）はないから」

牧野はわかっててあーゆーことしたの？　もう戦闘始まりそうだったよね？

「天坂くんはどうするの？」

「うん、宿を借りたままだったろ。今日はあっちで寝るわ。朝には戻ってくるから」

「そんなの悪いわ。私たちが宿に……」

「いいよ。疲れてるだろ。ジライヤ、こっちは頼むな」

「わかった」

足元にうずくまっていたジライヤが顔を上げる。特に、オロチマルが目を覚まして俺がいなかったら騒ぐだろう。よろしく頼む。

俺はゲートで冒険者ギルドの駐車場に移動し、宿まで歩いて戻った。あれ、もしかして、ジライヤもツナデも、オロチマルすらいない。一人って初めてかも。

『イエス、マスター。会話のお相手が必要でしたら承ります』

ははは、俺って案外小心者だったんだな。

『ありがとう。《ナビゲーター》がいてくれて本当に心強いよ』

◇　◇　◇

「カナちゃん、もう寝た？」

日本で使っていたベッドに比べれば劣るものの、お城で使っていたものと遜色のない柔らかい布団に、私はなんとなく寝つけずにいた。

「いいえ、まだ起きているわ」

「ねえ、会えたんだよね。夢じゃあないよね」

「つねってあげましょうか」

「う、カナちゃんの力でつねられたら、ひどいことになるからいい」

思わず両手で頬を押さえてしまった。

「でもすごいわ、この家も、食事も……彼の仲間も」

「うん、従魔なんて、すごい高ランクのモンスターだよね」

クローゼットで隔てられた先にあるベッドでは、豹獣族の少女とハヌマーンという言語を操る知性を持った従魔が眠っている。ベッドの足元には、クルカンという鳥のモンスターが丸まって眠っていた。

もう一匹、象並みに巨大な姿が本来のものだという子犬は、下の暖炉の前で微睡んでいた。風舞輝に〝任せる〟と言われるほど、信頼されている従魔か。よく見れば似ていないのに、姿がサスケちゃんと重なる。

「なんや、寝られへんのか」

カーテンのスキマから顔を出したハヌマーンに関西弁で問いかけられて、ハッとする。

「えっと、ツナデちゃん？」

「そや、寝られへんのやったら、チャチャにあっまいミルクでも入れてもらおか」

「うん、あれ美味しいよね」

気がつけば豹獣族の少女、ルーナも反対側から顔を覗かせていた。

「では、こちらをどうぞ」

トレーに湯気の上がるコップを載せた家精霊も現れた。

あの身体で、どうやって自分より大きくて重そうなトレーを持っているんだろうか。

「さあさあ、みなさんどうぞ召し上がってください」

差し出されたコップは四つ。豹獣族の少女とハヌマーンの分もちゃんとあった。

「じゃあ、あなたたちもこっちに」

カナちゃんがかけ布団をめくり、豹獣族の少女とハヌマーンを誘う。カナちゃん、もしかしてケモミミ少女を狙ってないでしょうね。

豹獣族の少女は何かを感じたのか、私の方に回ってきてベッドに上った。

「まあ、しゃーないな」

そう言うと、ハヌマーンがカナちゃんの足元あたりに上る。四人はそれぞれ家精霊さんからカップを受け取った。

◇　◇　◇

俺は一人宿に戻って二人部屋のベッドに座り、その感触を確かめる。二人部屋で三千チルトと中級以上の冒険者向けとしてはそれなりの宿だが、ベッドは柔らかくない。硬くて眠れなそうな気がする。いや、眠れないのはベッドのせいではないかも。

「俺もまだ興奮してるのかな」

やはり、宿より寝台車の方が落ち着くかと考えて、結局宿を引き払うことにした。ほとんど使っていない部屋は、一時休憩扱いになって、いくらか返金してもらった。

俺たちは使ったことはないが、宿というのは泊まる以外にも部屋を時間で貸しているみたいだ。現代日本にもご休憩と書かれたホテルはある。こっちとじゃ使用目的は違いそうだが。いや、違わない人もいるのかな。

冒険者ギルドの駐車場に戻る。全く人気がないわけではないが、この暗さでは夜目の利く者以外には見えないだろうと、《インベントリ》から寝台車を出して、箱車と入れ替えた。

寝台車の後方に設置したお風呂に入る。結局話し込んでしまい、俺は風呂には入らなかったからな。ゆっくり湯船に浸かって、天窓から空を見上げた。この天窓は、湯気を逃すために天井に取りつけたものだ。歪んだガラス越しに星が見える。

「ようやく合流できた……」

とはいえ一名足りないから、やっぱりスーレリア王国には行かなきゃだめだろうな。

あいつを連れて帰るときって、うるさそうだな。最悪〈空間固定〉で固めて《インベントリ》に放り込んでもいいかな。

いや、日本に帰ったらこのスキルってどうなるんだ？　使えなくなって出せなくなったら……

「なあ、どうなるかわかる？」

《ナビゲーター》に聞いてみた。

『スキル自体は魂に刻まれた能力ですが、それを発動させるには魔力が必要です。マスターが元いた世界は魔力が存在するのでしょうか？』

ない、とは言い切ることができない。俺たちが認識していないだけで、もしかしたらあるのかもしれない。

もしあったとして、この世界と同種の魔力なのかって問題もあるな。

「ま、先のことを悩んでも仕方ないし、一つずつ片づけていこう」

風呂から出て寝巻き用のジャージに着替え、ベッドに潜り込む。

明日の朝食もチャチャに日本食をお願いしてある。

かなりアレンジされているけど、そもそも日本の食事って、ありとあらゆる国の料理が混じってるから。

俺や雪音は朝食はパン派なんだが、牧野はどっちだろう？　純和風と思っていたのに、でっかい猫被りだったみたいだし。まあ明日以降もあるから本人に希望を聞けばいいか。


「おはよう、雪音。牧野もよく眠れた？」

夜明けも一刻(四時)より遅くなっている。こちらも冬は日が短いのだ。まだ暗いうちに箱車と入れ替え戻ってきた。

チャチャが淹(い)れてくれたお茶を飲みながら、ロフトから降りてきた二人に声をかける。

「おはよう、天坂くん」

「おはよう、風舞輝」

まだちょっと疲れた顔をした二人は、顔を洗いに風呂場へ行く。トイレ前に手洗いは作ったものの、洗面所はない。作った方がいいのかな。

ほどなく戻ってきた二人は、さっきよりはさっぱりしていた。

「スーレリアを逃げ出してからこっち、こんなにぐっすり眠れたのは初めてじゃないかしら」

「ちょっと寝過ぎたかも」

言いながらテーブルに着く牧野と雪音。ルーナとツナデは既にテーブルについていた。

「疲れは残ってるみたいだから、ちょっと魔法かけるな。〈範囲疲労回復（エリアタイアードリカバリー）〉」

現在《回復術》はレベル8だが、〈範囲疲労回復（エリアタイアードリカバリー）〉はレベル7で使えるようになった。

「あ、なんだか凝（こ）り固まってたものが、抜けていく感じ」

雪音が魔法の効果の感想を口に出した。

牧野が少し変な顔をする。

「その魔法、《回復魔法》よね。そんな呪文あったかしら」

「いや、俺のは《回復術》で、この世界の《回復魔法》とはちょっと違うっぽい」

「へえ、風舞輝も。私の【回復スキル】もそうみたいなの」

「微妙に違うのって、異世界人あるあるなのかしら」

そんな会話をしていたが、チャチャが食事を勧めてくれたので朝食を取る。

白ごはんとサーケマースの塩焼き、シローナの浅漬け、そして味噌汁（みそしる）。

さすがに豆腐はないので、具はディーコンとゴールデンワイルドマッシュの味噌汁（みそしる）だった。でも、乾燥ゴールデンワイルドマッシュの戻し汁がいい出汁（だし）なのだ。

相変わらず牧野の食いっぷりがすごい。ただ、スピードはすごいが所作は綺麗（きれい）なんだよな。

「そうだ。お互いの呼び方なんだけど、今私たちは本名を名乗っていないのよね」

「うん。探されにくいように、何度か名前を変えて、その度に冒険者に登録し直したの」

牧野と雪音はスーレリア王国が発行した本名の身分証と、偽名の冒険者ギルドカード二枚、合計三枚ずつ持っていた。

身分証はギルドカードと同じく、冒険者ギルドでも使えたそうだ。結局はどこで発行されようと機能は同じ。国やギルドが発行できる。それに、他のギルドが追加記載できる仕組みだ。

俺のも魔道具工ギルドで追加記載したし、そうやって追加や変更ができるカードなんだな。

「何枚も持ってたら、討伐モンスターの表示ってどうなってる？」

「一応使ってない二枚は《アイテムボックス》に入れてたんだけど、何も表示されてないわね」

『イエス、マスター。討伐は一枚のカードにしか表示されません。そのとき一番近くにあるカードに記載されます』

と、《ナビゲーター》が教えてくれたことを、みんなにも話す。そういえば、ルーナも最初のギルドカードは箪笥にしまった荷物の中に入れてある。

「便利ね、そのユニークスキル」

「ああ、《ナビゲーター》のおかげでこうして合流できたんだ」

《ナビゲーター》がなければ、合流できたとは思えない。本当にあのとき神様にお願いしてよかった。

単純に戦闘力とかにしていたら、何年経っても合流なんてできなかったし。帰る算段もつかなかっただろう。

俺たちは互いのカードを見せ合う。といっても、表面の表示している部分だけだ。

「えっと、二人の名前のユーニ＝アプリルとフェブール＝アプリル。これ姉妹設定？　フェブール＝アプリルって、あのゲームで使ってたアバター名だよな。牧野は俺のアバター名を覚えてたんだ」

「天坂くん、ひねりがないもの。ブリザ＝パライソなんて」

あのゲームは、氏族名もつけるゲームだった。俺はあんまりやらなかったが、牧野はけっこうやりこんでいたな。

「これからはユーニとフェブールって呼ぶのか？　なんだか間違えそうだな」

「私も〝フェブ〟って呼ぶように言われてるのに、つい〝カナちゃん〟って呼んじゃうの」

「〝フェブ〟と〝ユーニ〟か。慣れるまでかかりそうだな」

牧野が少し考えて、名案とばかりに提案する。

「セカンドネームよ。誰かに聞かれたらセカンドネームってことにするわ。ユーニ＝ユキネ＝アプリルとフェブール＝カナタ＝アプリル。セカンドネームは、家族か親しい者にしか教えないというアプリル家の決まりだから、聞かれても教えないけど」

なんだそれ……

「それだと、人前で間違えて呼んでも大丈夫だね」

雪音が名案だと牧野に乗った。

「とはいえ、基本は〝フェブ〟と〝ユーニ〟で。雪音もよ。天坂君のことはこれから私も〝風舞輝〟って呼ぶから。私のことは〝カナタ〟ではなく〝フェブ〟で呼んでちょうだい」

いや、今まで〝奏多〟呼びもしたことないぞ。

「なんや、けったいな話やな」

「名前っていくつもあるの？」

ちょうど食べ終わったルーナとツナデが会話に入ってきた。

「ツナデちゃんとルーナちゃんも〝フェブ〟って呼んでね」

「本当はカナタって呼んでほしいけど。くっ」と小さくつぶやいているが、まる聞こえだぞ。

「私は〝ユキネ〟って呼んでくれると嬉しいな」

「あ、ずるい。ユッキーだけ。じゃあ私も〝カナタ〟って呼んで。風舞輝はダメよ」

なんで俺には〝フェブ〟呼びで、ルーナたちには〝カナタ〟呼びなんだよ。

「ウチはツナデ、あっちはジライヤ、そんであそこの食いしん坊がオロチマルや」

ひとり食べ終わっていないオロチマルが、顔を上げる。

『ねーね、呼んだ？』

「あんたははよ食べてしまい」

『うん、あぐあぐ』

オトモズは、流暢（りゅうちょう）に言葉を話せるツナデが代表して、名前呼びの許可を出した。

「私のことは、チャチャとお呼びください」

お茶を注ぎながら、チャチャもそう告げた。

「まあ、呼び方についてはそういうことで。食事も済んだし、今後のことを相談しようか」

「フブキ、装備受け取りに行かないの？」

ルーナがそう口にしたが、受け取り予定は明後日だ。

まだ完成していないだろ。けれど、二人の装備も誂えた方がいいんだろうな。

「装備って？」

牧野がお茶を飲みつつ聞いてきた。

「俺とルーナの装備を新調したんだ。今作ってもらっているところで、昨日仮合わせして、三日後に受け取りに行く予定だから、今日はまだでき上がってないだろう」

仮縫いというか、仮留めだったものを合わせて調整したからな。

「装備って、綺麗に見えたけど」

今はラフな格好なので、昨日つけていた装備のことを思い出しているのか、牧野が首を傾げる。

「あの装備一式は冒険者になってすぐ作ったやつなんで、駆け出しに毛が生えたような装備なんだ。見た目は綺麗でも、使っている素材がな。四級冒険者としては貧弱すぎて、新人冒険者に間違えられるんだよ」

いろいろ怪しまれたのは、装備のせいもあったかもしれない。

「風舞輝はもう四級なんだね」

「私たちは二度もやり直してるもの。そのままだったら、もっと上がっているわ」

登録し直すたびに十級からだと、邪魔くさいな。

「でも、それなりの装備を身につけていないと舐められるわね。私たちは中古品を購入してユッキーの〈物質疲労回復〉でリペアしてるのよ」

あまり金銭的な余裕がないから、中古でもそんなに上等なものではないらしい。装備だけではなく服や日用品も必要だ。

「だったら、雪音たちも一式買い揃えるか？　俺たちはワイバーンの素材持ち込みで作ってもらったから日数がかかったけど、出来合いを買うなら調節だけで済むだろうし」

ワイバーンと言ったところで、牧野の眉がピクっと動いた。

「ワイバーンの素材、ワイバーンの……」

何かぶつぶつ言っているが、ちょっと触れずにおこう。

「そうだ、二人の表示されている職は〝短剣使い〟と〝斥候〟になっていても、実際の戦闘スタイルは違うんだろ？」

雪音が、職業は名前よりも、もっと変えてきたと言う。

「万が一スーレリアから追手が来たときに探されにくいようにって、カナちゃんがね」

「それで髪色も変えてたのか」

昨日のお風呂で染めていたものが抜けて、雪音の髪色がまだらになっている。

「ええ、冒険者ギルドに登録しているのは、実際の戦闘スタイルとは変えているのよ。とはいえ、私の〝斥候〟はステータスの職業にもあるから嘘ではないわ」

牧野が神様に願った力は〝守る力〟だった。ユニークスキルは《鉄壁の防御》で、タンク職を目指したそうだ。前を行くことで斥候的な働きもしてきたのだろうな。

基本は大盾装備でメイン職業は〝守護者〟だ。

登録するたびに職種を変えているが、その度にあつらえる装備も変わってくる。

「私は〝短剣使い〟だけど、ステータスの職業は〝魔法治癒師、修復師、料理人〟の三つあるの」

料理人はつい最近増えたらしい。ユニークスキルは《癒しの力》で、いわゆるヒーラーなんだが、癒す対象は生物以外も可能で、俺の【生命スキル】と同じくこちらの《回復魔法》とは別物だ。

「俺はテイマーで登録してる。でもステータスの職業は〝テイマー、冒険者、救命者、錬金術師〟って表示されてる」

ルーズリーフとシャープペンシルを取り出し、自分の職業を書いて二人に向けて差し出した。

雪音が手を差し出してきたので、シャープペンシルを渡す。俺の書いた下に雪音が自分の職業を書き加え、そのままペンを牧野に渡した。牧野も自分の職業を書き込む。

「やっぱり職業ってひとつじゃないのね。スーレリアにいたときは一つしかなかったのだけど、いつの間にか増えていたわ」

「私は戦闘訓練を始めたら〝魔法治癒師〟になって、冒険者登録をしたら〝冒険者〟が増えて、服とかいろいろ直していたら〝修復師〟が増えたの。逃げ出してからは〝弓使い、魔術師、斥候〟のふりをしたけど、それはステータスには出なかったよ」

「私は〝魔術師（ウィザード）〟のふりをしたあとは〝狩人（ハンター）、剣士（ソードマン）〟で登録したものの、そのどちらも増えていないわ。ステータス上は〝守護者（ガーディアン）〟に〝冒険者〟が増えたけれど、ダンジョンへ行くようになって〝斥候（スカウト）〟が増えたわね。そういえば転移したときは〝学生〟だったわ」

「俺も〝学生〟だったな」

この世界のステータスの職業は、自分で決めるものではなく、神様のシステムによる。その人のとった行動が職業として表示される。牧野は常に雪音を守ろうとしていたのかな。

「その職種で冒険者ギルドに登録したとしても、実際にそういう行動をとってなければ、その職業もスキルも増えない。雪音は弓使い（アーチャー）のふりしても、弓を使ってないだろう？」

「うん、全然使ってない。弓持っていただけ」

「そういえば、神官が〝職業は神が定める〟とか言ってなかった？」

牧野が、スーレリアに召喚されてすぐは、いろいろ勉強させられたという。って、その中の宗教関係の講義をした神官の話を思い出した。昨日言っていた、ハニートラップ要員の美形神官か。

雪音が頷（うなず）くのを見て、牧野は嘆息した。

「ああ。あの話、マジだったのね。宗教の話だったから、あまり真剣に聞いてなかったの」

「カナちゃん、真面目（まじめ）な顔で聞いてるふりして、別のこと考えてたから」

なんでも、お世話係に美形を集めて、ハニトラを仕掛けられたらしい。美形なのは神官だけじゃなかったんだ。

「私たちはそんなあからさまなものには引っかからなかったけど、バカはイチコロだったわよ」

「うん、特に妖艶な伯爵未亡人はすごかったね、カナちゃん」

お色気作戦にイチコロ……。「異世界無双でチーレムだぁ、ヒャッハー！」とか叫んでいる姿が想像できてしまった。ま、今はあいつの話は置いておく。

「別の町で登録やり直す？」

「いやそこまでしなくてもいいだろう」

「そうね。スクーナに戻って依頼の取り消しをして、天坂、じゃなかった。風舞輝たちとパーティー登録をするときに職業を変更すればいいんじゃない。メンバー構成に合わせて職業の調整することはあるだろうから」

それは、そういう職業をメンバーにするってことじゃないのかな。こっちの世界では、ゲームのように簡単に職種を変えるのは難しい。スキルレベルを上げるためには結局のところ、スキルを使って使って使いまくるしかないから。

「何？」

「いえ、何もゴザイマセン」

口に出していないのに、牧野に睨まれた。もしかして思考を読むスキルとか？

そのまま三人でパーティーと職種について話し合うことになった。

話し合いに参加しないメンバーは、オルニス森林に気晴らしに出かけましたが何か？

「風舞輝はテイマーだけど、普通テイマーは自分は前に出ないから、後衛職になるのよね」

「最初は前に出てたぞ」

最近は、戦闘で俺がやることってあんまりないんだよな。

「ルーナちゃんは？」

「ルーナは狩人(ハンター)で登録している。ステータス上の職業は〝森狩人(フォレストハンター)〟と〝冒険者〟だな」

最初は冒険者はついてなかった。ポーター登録だったからかな。でも実際はポーターとして活動してなかったから、ポーター表示はなかった。

職業に俺の眷属っていうのもあるが、そこはあえて口に出さずにおこう。あ、でも自己紹介で眷属って暴露してたか。

前衛は牧野とルーナだ。ルーナを前衛にと言うと雪音に「子供に前衛をさせるの？」と睨(にら)まれた。だけど、あんななりだが種族レベルは雪音より上で、上位種族へ進化しているからパラメーターも高い。この世界は見た目ではないのだ。それに、戦闘狂を後衛に配置なんてできるわけがない。

結局は二人とも納得してくれた。

「狩人(ハンター)は斥候(スカウト)技能もあるわけだし、斥候(スカウト)担当はルーナちゃんね。戦闘時の前衛は私だけど〝守護者(ガーディアン)〟って、大盾装備の盾職で武器は片手剣か槍。大盾がないから、できれば欲しいわね」

そう言って、牧野がチラリと横目で俺を見る。それくらいはお安い御用である。

「金属盾か。俺が作ってもいいが、見本がないからな。ダンジョンに近いスクーナと、オルニス森林に近い領都ベファナルだったら、どっちで防具を揃えたほうがいいかな」

「そこはベファナルだと思う。収入を得るために回復を使って転売ヤーなことをしていたときに、スクーナってダンジョンバブルな冒険者相手に、割と質の悪いものを高値で売っているお店が多いって感じたから」

牧野がそう言うので、二人の装備はベファナルで購入することになった。

「だったら牧――フェブは金属鎧の方がいいのか？　冒険者でフルプレートアーマーは、あんまりいない気がするけど」

「モンスターを相手にするなら、機動性と隠密性が必要だから、一部に金属を使ってもフルプレートはないわね」

「じゃあ、雪音は後衛の魔法職兼回復担当か」

「うん。布製でも防御力のあるローブとかもあるみたいだけど、ものすごく高価で、貴族とかしか使わないみたいだから、普通の革鎧とかでいいと思うの」

冒険者ギルドの登録は、しばらくは短剣使いのままで置いておく。前衛職から魔術師(ウィザード)への変更はさすがにおかしい。牧野の斥候(スカウト)から重戦士への変更も十分おかしい気がするから、とりあえずワンクッション置いて剣士(ソードマン)にすることにした。

身体の華奢(きゃしゃ)な牧野が重戦士ってどうかと思うだろうが、スキルが存在するこっちの世界だと別に普通にあり得る。

俺の知ってる重戦士は、〝赤のケルターニア〟のベンスさんくらいだけど。

「じゃあ、パーティー名ね。天さ、風舞輝たちのパーティー名はなんていうの？」

「つけてないなあ」

「つけてないの？」

「ああ、ギルドでも聞かれたことなかったし」

でも、今まで出会った冒険者パーティーは、みんな名前ついてたな。〝赤のケルターニア〟や〝鋼(はがね)の心〟とか。

「雪音たちは？」

「アプリルシスターズよ」

「ああ、二人は姉妹って設定だったっけ」

「また変えるかもしれないから、別にひねるつもりもなかったわ。でも今度は長く使うんだから、いい名前(厨二的な)をつけたいわね」

牧野の言葉から、何か副音声が聞こえた気がする。

「そんな凝った(厨二的な)名前はいらないだろう」

「風舞輝、日本で厨二病な名前をつけたら恥ずかしいけど、こっちじゃあ普通だから」

あ、牧野が思いっきり厨二病って言った。認めた上に開き直った。

お昼前にルーナたちが獲物を持って帰ってきたので、午後にまずスクーナの町へ行くことに決めたのを話した。

「冒険者ギルドで私たちが出している依頼の取り消しと、パーティー申請の手続きをしようと思うのだけど、どうかしら」

牧野がルーナたちに尋ねたが、ルーナもツナデも俺の方を見る。俺次第というか、俺に任せるってことだ。俺たちの行動は、基本俺の事情優先だったからな。

「俺たちはベファナルからの移動の手続きはしたが、スクーナのギルドで到着手続きはしていないから、どっちでもいいぞ」

移動手続きしたからってすぐ移動しなくちゃならないわけじゃない。防具の作成を理由に留まっていたって言えるし。

「うーん。依頼取り消しはよくても、その相手とすぐパーティー組むと変に思われる可能性もあるかしら」

「俺を呼び寄せる依頼を出したんだろ。一緒にいると取り消しできないかも」

「そうね。まずは依頼の取り下げだけにしましょう」

ということで、雪音たちが依頼を取り下げて移動手続きをし、ベファナルで俺たちはパーティー申請をすることになった。スクーナに置いてある箱車を回収するため、それを引くオロチマルとジライヤもスクーナへ連れていく。ルーナたちは留守番しててもいいと言ったが、結局ついてくることになった。

「じゃあいってくる、チャチャ」

「はい、いってらっしゃいませ」

チャチャに見送られ、まずは俺だけ先にスクーナの町から少し離れたところへ移動する。

さすがに昼日中にいきなり騎獣が現れると怪しまれるため、町の外へ出ていたことにする。

街道から少し森に入ったところで、あたりに人もモンスターもいないことを確認して、みんなを呼んだ。

街道に出ると、ジライヤとオロチマルに分乗して移動する。

俺とルーナとツナデがオロチマルに乗り、雪音と牧野がジライヤに乗っている。

「騎獣があるっていいわね」

「すごい楽ちん」

牧野と雪音はそう言うが、普通の騎獣だと、地球の馬並みに疲れるからな。

ジライヤは人を乗せるのが上手い。元々上下の揺れが少なくて、乗っている方は疲れにくかったが、《空中機動》を手に入れてからは揺れを全く感じなくなった。なにせ地面を走ってるんじゃなくて、浮いてるからな。

オロチマルの方も、歩き方はずいぶん改善されたが、走るとなれば別だった。ダチョウが人を乗せるのに向いてないみたいなものだな。

地走鳥種は本来は騎獣ではなく輓獣向きなんだ。考えたら、オロチマルは地走鳥種とはいえ、本来の移動手段は飛行なんだよ。ジライヤの域に達するのも無理なのは当然、でも頑張っている。

頑張っているが、骨格的に不可能だと思うんだよ。今の歩き方も結構無理しているように感じる。頑張ったから《歩行》や《走行》スキルを手に入れた。でも、これ以上無理をさせる必要はないと思うんだ。ツナデには甘いって言われたけど……ツナデ厳しいのな。

とにかく、そこで地面に足がついていないジライヤの《空中機動》を参考にした。浮くことで、揺れを解消すればいいのだ。

というわけで、オロチマル用に〈浮遊〉の魔道具を作ったのだ。元々《飛行》スキルを持っていたためか、オロチマルにとって魔法の〈浮遊〉とは相性がよかったみたいだ。なかなかうまく扱っている……と思ったけれど……

「ほら、ジライヤの速度に合わさんかい」

『う、こう?』

「まだや。もうちょっと速く、こら、上に浮いてきとるで。《飛行》は今は使わんと」

『わかった』

ツナデのスパルタ指導が入っていた。

ツナデも《浮遊》を持ってはいても、補助スキルの《浮遊》で、俺のは《重力魔法》の中の呪文の一つなので、名称は同じでも別物なのだ。ややこしいな。

俺の呪文の《浮遊（フロート）》は足元が数センチ浮くだけで移動能力がない。

オロチマルはそこに推進力として《風魔法》を使って前に進んでいる。《飛行》スキルを使うとバカっ速（ぱや）になる上に、《風魔法》の微妙な調整で速度を一定に保つ必要もあり、オロチマルにはまだ経験が必要みたいだ。

三頭の中で一番魔法に長（た）けたツナデが、こうして先生役になっている。

俺？　俺も微妙なコントロールは苦手かも。ＭＰマシマシで威力増大は得意だけど。

「そういえば私たち、門を通って町の外に出てなかったわね」

「「あ……」」

スクーナの町の門が見えた頃に、牧野が思い出して俺の方を向いた。その言葉に俺と雪音の声が重なる。

「えっと、別の門から出ることもあるし、門でのチェックは犯罪歴チェックだけだから大丈夫よ、きっと？」

雪音のフォローが入る。

ま、まあこんな昼日中（ひるひなか）に人の気配がない箱車から、人や従魔がぞろぞろ出てきたら変だし。

門兵に覚えられているような特徴的な冒険者じゃないから大丈夫だろう。

俺は今朝は早め、夜明け前にゲートで帰ってきたから、誰にも姿を見られてない。とはいえ、門を通って外に出ていないんだよな。車を引くジライヤたちがいなかったから動かせなかったし。

雪音の言葉通り、門のチェックはあくまで犯罪者のチェックであって、出入りを管理してるわけじゃない。

ちょっとドキドキしながらだが、特に問題なく入れた。うん、取り越し苦労だった。

「じゃあ、冒険者ギルドへ行きましょう」

「あ、俺たちは駐車場で待ってるわ。招集した相手が一緒にいたら、依頼取り消しじゃなくて達成したことになるだろう」

出かける前に話していたから、俺たちは中には入らずに処理を済ますことにした。

「私たちの移動手続きと依頼の取り消しだけだから、そんなに時間はかからないと思うわ」

ギルドハウスに入っていく二人を見送り、俺たちは建物の裏の駐車場へ移動する。待っている間に箱車にジライヤとオロチマルを繋ぎ、牽引(けんいん)できるようにした。

手慣れてきていたので、あっという間に終わってしまった。ちょっと手持ち無沙汰(ぶさた)だな。

「こんな時間じゃ、市場も終わってるね」

ルーナが買い物に行けなくて残念というより、よかったなという感じで言ってきた。

「ん、ああ、この町は冒険者価格でいろいろお高めらしいから、買い物はベファナルでする予定だ」

『やっぱり買い物はするんや』

「今回は食材じゃないぞ。雪音と牧野の装備とか冬服とかだな。ルーナやツナデも冬服買った方がいいよな」

ロモンでもある程度購入したが、もう少し増やした方がいいだろう。

ルーナの着替えは最小限しか買っていない。といっても、種類が少ないだけで、数は〈複製〉でいくらでも出せるけどな。女の子の服なんて俺にはわからない。せっかく女子がいるんだし、そういうのは女子に任せればいい。

「これからもっと寒くなるようだから、ツナデもマント以外にもあった方がいいんじゃないか」

『ウチ別にいらんけど。服着たら動きにくいし。寒なったらフブキの《熱魔法》ちゅうのでなんか作ってや』

ツナデの言葉に思わず手をポンと打つ。すでに温石の魔道具を作ってある。

「そうだな。服の中、いやマントの中を温めるカイロ的なものはあるが、服自体に機能を持たせられれば……」

『ツナデがいらないこと言うから、フブキがまた何か凝り出すよ』

『しゃーないやん。暑いんもきらいやけど、寒いんも好きやないし。かといって服着せられたら動きにくいやん。ルーナかて、帽子いやがっとったやんか』

『あれは、聞こえにくくなるからだもん。ジライヤみたいな長毛やオロチマルみたいな羽毛と違うから、服はいるもん』

『ウチが一番寒さに弱い……ていうわけでもあらへんけど、暖くなるもんはいるやろ。ここは諦めてなんか作ってもらうわ』

俺が魔道具の構想を練っていたとき、二人が念話でそんな話をしていたことは、全然気づいていなかった。

「え、お二人ともスクーナを出るんですか？」

顔見知りになった受付嬢が残念そうに、私とカナちゃんに言う。

「ええ、探していた相手がカーバシデ王国にいるって情報を掴んだの」

「だから探し人の依頼と、四級冒険者の招集依頼を取り下げます」

「わかりました。少しお待ちください」

そう言って受付嬢は奥にいる職員に声をかける。

取り下げといっても、招集依頼が相手の冒険者まで話が届いていたら料金は戻ってこないのだ。依頼を出した冒険者ギルドに問い合わせをする必要があるらしい。

でも、風舞輝は冒険者ギルドでその話は聞いてないって言っていた。冒険者ギルドに寄ってないので当然なんだけど。

「風舞輝は昨日はどこの町の冒険者ギルドにも寄ってないから、もし話が届いてるって言われたら詐欺だよね」

「そうだけど、さすがに冒険者ギルドがそこまではしないでしょう」

カナちゃんが言った通り、そんな嘘はつかれなかったものの、何度かギルド間の通信のやり取りをしていたため、どちらの依頼も依頼金は半分しか戻ってこなかった。仕方ないよね。

結局なんだかんだと一時間以上かかって、ようやく手続きは終わった。

雪音と牧野が早足で俺たちの方へやってきた。

「お待たせ」

「雪音、手続きは終わった？」

「うん。それで、今からベファナルへ向かうの？」

手続きに思ったより時間がかかったせいで、陽が傾きかけている。家を出たのも午後の中途半端な時間だったけど、徐々に日没時間が早くなっていた。

「そんなに急ぐ必要もないから、今日は家に戻って明日の朝ベファナルに行けばいいかな。装備の受け取り自体は明後日だし」

そう言うと、牧野も雪音も同意した。

「そうね」

「じゃあ帰ろうか」

箱車を引いて街の外に出る。しばらく進んで人気がなくなると箱車は収納し、ジライヤとオロチマルに分かれて騎乗し、ゲートを繋いだ場所まで戻った。

別に魔道具を作りたくて急いだわけじゃないからな。


階下のキッチンから女子のキャッキャする声が聞こえてくる中、俺はロフトで作業をしていた。

家精霊は性別はないらしいから、チャチャは女子ではないけど。

夕食を作るため、雪音が日本食のレシピをチャチャに教えながら作業している。職業に料理人があるだけあって、料理の腕は日本にいた頃より上がっているらしい。

ちなみに牧野は味見役で、調理にはノータッチだとか。

ルーナも知らない調理に興味があるようで、交ざっていた。

そういえば、ルーナが調理したことってなかったな。

出会ってから村に帰るまでは、解体は手伝ってもらったが、調理は……一度だけ手伝ってもらったときに、キノコを握り潰したことがあったな。

ムル村に着いてすぐに冒険者になって、それ以降は宿に泊まっていたから食堂で食べていた。だから、作る必要はない、というか機会がなかった。

子供の姿になってからは、作るのは俺ばかりだな。小さな子供に料理をさせるのはって思って。

あれ？　よく考えたら解体はできるし、ナイフ使いは俺よりうまかったよな。

スキルもあって俺が調理担当になってたけど、ルーナって料理作れたのかも？

『イエス、マスター。ルーナは《家事》スキルを持っています。現在スキルレベル3ですので、ある程度できると思われます』

そうだよな。スキルのある世界だから《調理》や《家事》スキルがあれば、問題なく調理はできるのだろう。

けれどほとんどさせてないから、日本食のレシピとかは知らないはず。興味が出たのかな。

でも、確か《家事》のスキルレベルは1だったような？　いつレベルアップしたんだろう。まあいっか。

俺がロフトでしていたのは魔道具作りではなく、ロフトの改装案を頭から絞り出してルーズリーフに書き殴っていたのだ。でも一人で考えるんじゃなくって、みんなに聞いた方が早いと、キャッキャうふふ空間に足を踏み入れた
「改装？　この家を？」

一人テーブルでお茶を飲んでいた牧野の前に、改装案を書いた紙を置く。

「今は階段を上ってすぐがルーナ用のアルコーブタイプのベッドだ。仕切りはクローゼットとカー

テンだし、ちゃんとした壁を作った方がいいだろう。それに女子の人数が増えたので、奥の方を女子用にした方がいいだろ」

俺が前を通るよりはいいかと思って提案した。

けれど、俺の部屋はオロチマルの出入りを考えると。壁はない方がいいのだ。となると、手前に俺の部屋を持ってきたら、女子がその前を通ることになる。

男は俺一人なので、一階の倉庫を区切って俺の部屋にしようかとも思ったんだが、オロチマルとジライヤの寝場所が確保できないんだよな。

オロチマルは階段を使えないので、そもそも飛び上がっての移動だ。まあ俺も階段使わなくてもロフトに上がれるし、ジライヤも階段は使っていない。そんなことを言えば、ツナデもルーナも階段使わなくても上がれるんだけどね。

だから、俺の部屋を奥のままで、完全に仕切ってしまい階段を使わない間取りにしても全然オッケーだった。

「ロフトの上り下りなら梯子とかは？　ワンルームの賃貸とかはそういうのあるでしょ」

雪音が味見用の小皿を牧野に差し出しながら、案を出してくれた。

シーマージの醤油の煮付けっぽいが、味見にしては大きくないか？　牧野は煮付けを口にした途端に見たことのない笑顔を見せたが、次の瞬間にはいつもの真面目な表情に戻っていた。本当に醤油味に飢えていたみたいだな。

雪音の案を取り入れ、手前を女子用にする形でロフトを大幅改装することになった。

手前を壁で仕切って部屋にしてしまい、奥側を俺の部屋としてロフトのまま、一応取り外しできる梯子をつける形だ。

女子部屋は狭くとも全員別、雪音、牧野、ルーナの三人分の個室を作るか、広いまま共同で使うか聞いたら、雪音も牧野も広い方を選んだ。

「私たちは今のベッドで全然問題ないよ」

「ええ、今までは二人でもっと狭いベッドを使っていたもの」

節約のため、一部屋しか借りないことは多々あったらしい。

「私はフブキと一緒でいいよ」

「「それはダメ」」

ルーナの意見を雪音たちは声を揃えて否定した。うん、俺もダメだと思う。

「じゃあ、ルーナ用の個室を増やすか」

けれどその言葉にルーナは渋面を作った。一人は嫌っぽい。

その様子を見てなぜか牧野に俺が睨まれた。そもそも別で寝るようにルーナの寝室を作ったのは、俺なんですが？

「なら、ツナデと一緒に使う」

「なんでや、ルーナ。ウチはフブキと一緒やで」

とツナデは反対したが、今度は二人とルーナに却下された。

さらに「ウチはフブキの従魔で眷属やで」と言ったが、聞き入れられなかった。

「じゃあ、女子は四人部屋でいいんじゃない」

「そうね」

雪音に賛同した牧野が、俺が書いたロフトの図面に書き加えた。

アルコーブ部分を含めロフトの三分の二を囲って一部屋に、残りの三分の一を俺用にする形だ。

これ以上増築して大きくすると、家を出す場所とか隠すのが大変だから、大きくするんじゃなくて仕切る方向だとありがたい。

どうなんだろうと切り出す前に、返事があった。

「それ、いいと思う」

「うー、ツナデが一緒なら」

「しゃあないな」

賛同する雪音と違い、ルーナとツナデは渋々といった感じだが、一応了解ということで。

ロフトなので壁はなかったが、女子部屋ということで壁と扉を取りつけることにした。

一応、女子部屋から俺のところに繋がる扉もつける。これはルーナたちの意見。

ついでに、アルコーブとの間もクローゼットで仕切っていただけなので、ちゃんとした壁を取りつける。

それと洗面台が欲しいと言われ、部屋の中に作る形に。排水管を外壁に沿わせて、汚水タンクへ繋げばいいか。魔道具があるから給水路が不要で、排水さえできればいいから簡単だ。

「鏡は？」

「そういえば、この家に鏡はないのね」

雪音の疑問に牧野も同調する。

「え、鏡ってガラス以上に高級品だから、その辺の商店では扱ってないぞ」

俺も鏡は見てないなあ。すると、二人とも折り畳める手鏡を出してきた。

「こんなの女子の必需品でしょう」

と牧野に言われた。そんなこと言われても。とりあえず、手鏡をもとに《コピー》と《錬金術》でB3サイズのものを作り、洗面台にと思ったら、さらに大きな縦百八十センチ横五十センチの姿見を要求された。

「さあ皆様、そろそろお食事にしませんか」

改装案ができ上がるのを待っていたかのように、チャチャからテーブルの上の片づけを促された。

相談中も料理のいい匂いがしていたんだよな。

「豚の生姜焼きかあ」

「ボアの生姜焼きよ。こっちはシーマージの煮付けね」

俺の言葉を訂正する牧野。どちらも醤油味だな。

さらに、アラームターキーの唐揚げがテーブルに並ぶ。

「この唐揚げはこっちが塩味で、こっちがタレ味。二種類あるから」

雪音が味付けの違いをルーナに説明している。

「調味料が揃ってるって、楽でいいな。それに風舞輝の《コピー》って羨(うらや)ましすぎる。なくなる心配ないし、油とかもたっぷり使えて揚げ物ができるんだもん」

油も何種類かあるが、全て一度〈複製(デュプリケイト)〉してあるので〈記録(ログ)〉済みだ。

「長ネギみたいな野菜もあったから、油淋鶏(ユーリンチー)ソースも作ってみたよ」

唐揚げに上からかけて味変できるようだ。

「素晴らしいです、雪音様。このソースは他にも使えそうです」

チャチャが油淋鶏(ユーリンチー)ソースを気に入ったようだ。俺も好き。

お米はこの前手に入れた短粒種のヤマトイ米。さすがに日本のお米ほど品種改良されているわけではないが、それでも生姜(しょうが)焼きを食べれば次にかき込みたくなって、箸(はし)が止まらない。

「前々からその箸(はし)、ちゅうん？　フブキは変わったもん使う思とったけど、ユキネとカナタも使えるんやな」

そういうツナデも、ハヌマーンになってからは、フォークとナイフだけでなく、箸(はし)も使えるようになっている。どっちが器用なんだか。まあ、ツナデの器用さ(DEX)は俺より断然上だし。

「ジライヤちゃんとオロチマルちゃんも、生肉でなくって、調理したものでよかったのかしら。濃い味付けのものは身体に悪いと思って薄味にしてみたの。ネギ系もよかったのかしら」

「雪音、モンスターは犬猫とは違うのよ。でしょう、風舞輝？」

犬に玉葱（たまねぎ）やチョコレート、猫にいかを食べさせてはいけないというが……ジライヤは犬ではなく狼種だ。

「オロチマルは雑食だから、なんでも食べるな。ジライヤは生肉も食べるけど、俺と同じものを食べて何かなったことはないな」

「そうなんだ。ならよかった」

雪音が安心したらしく、自分の食事を始める。

「ツナデも肉を食べるけど、どっちかっていうと野菜とかフルーツの方が好きだよな。あ、一番好きなのは甘味かも」

「卵と牛乳、えっとヤギ乳なのかな。それに、日本の砂糖があるから、プリンが作れるかな」

「プリン、なんやそれ」

「クレープより美味（おい）しい？」

甘味にツナデとルーナが食いついた。うーん、女子？

「えっと、明日の予定って、ベファナルへ行くんだっけ？　時間があれば作れるけれど」

雪音がそう言うと、ルーナとツナデだけでなく牧野も俺を見る。甘味に飢（う）えているのはそっちもか。

「明日はベファナルで、雪音たちの装備の注文と冬服を買うつもりだったが……」

「う、服も欲しいけど、プリンも捨てがたい……」

牧野が真剣に悩んでいる。顔つきだけ見れば、人生の分岐点に悩むようなマジなやつだな。そんなに食いしん坊キャラだったのか。

「風舞輝、あなたは神様のおかげで調味料を持ってたんだから、食べ慣れてるでしょう。でも、私たちにしたら三ヶ月ぶりなのよ」

「悪い、牧野」

「あの、レシピを教えていただければ、皆様がお出かけの間に作っておきますよ」

チャチャがエント茶を注ぎながら、提案してきた。

そう、うちにはスーパーミラクル家政婦、じゃなく執事がいるのだ。

「あ、じゃあバニラビーンズはないけど、プリンとアイスも食事の後に作り方説明しますね。チャチャさん」

「はい、雪音様。家主様。後で食材お願いしますね」

説明と言いながら作る気まんまんのようだ。

「任せとけ」

そうして賑(にぎ)やかな食卓を囲み、大量の料理に舌鼓(したつづみ)を打ったのだった。

改装は雪音たちが入浴中に取りかかることにした。昨日に引き続き長湯すると見たからだ。

まずは今あるベッドなどの家具を《インベントリ》に収納する。うーん便利。

そして、壁を取りつける。内側にも大きめの窓をつける。二階から階下に声をかけられるし、明かり取りにもなる。

姿見は新たに取りつけたドアに貼りつけた。

女子部屋は雪音と牧野の二人で一つのベッド、ルーナとツナデも一つのベッドを使う形で、クイーンサイズのベッドを二つ、間にカーテンが引けるようにした。

このカーテン、チャチャが購入していたファブリックを雪音がチャチャっと縫い上げたものだ。《裁縫》スキルすごいな。明日カーテン用の布を買っていいかって聞かれたが、そんなんなんぼでもどうぞ。

残念なのは、柄の布って刺繍か織りで、プリントってないんだよな。

ルーナはほとんど荷物らしい荷物はないが、一応クローゼットは三人別で。空きスペースにはテーブルセットも置いておくか。

俺はここ最近クローゼットを使っていなかった。《インベントリ》になってからは、荷物は全部そっちにほうりこんでる。《アイテムボックス》と違って個数制限がないからな。クローゼット要らずだ。

チャチャも以前は洗濯物をクローゼットに仕舞ってくれていたが、最近は直接渡してくれていた。

チャチャはクローゼットを使ってほしいみたいだけどね。

あー、でも女子が増えたし。雪音と牧野の目にふれないように、下着類とかはクローゼットにしまえるようにしよう。

ロフトに壁をつけると一階が多少暗くなった。だが心配ない。そこはこの前作った灯りの魔道具を設置するから。

俺の部屋と女子部屋は壁で区切ってしまったので、暖房器具を設置する必要がでた。ロフトには下の竈と煙突を共有している暖炉があり、寒くなったら使うつもりでいた。

今はそこまで寒くない。いや、ロフトは下の暖気が上ってくるため、実は暑いくらいだった。

これからは寒くなるだろうから、頻繁につかうことになるのかな。

暖炉は大変なので、変異体ゴーレムの素材で薪ストーブを作ってみた。

黒い変異体ゴーレムの素材がいい感じに渋さを醸し出している。

でもそれだけじゃ寒いかもしれないから、エアコンの魔道具も作ってみた。

給湯の魔道具、風バージョンだ。

二十度、二十二度、二十四度、二十六度、二十八度の五種類の温度設定。〈ウインド〉を付与したことで、お湯ではなく温風が出るのだ。

お湯よりも長時間使い続けることになるため、バッテリーがわりの魔石を入れるところは大きめにして、一度にいくつも入れられるようにした。

二十八度は室温としては暑すぎるが、冷えた部屋を急速に暖めるにはいいかなと思って組み込んだ。

本当は床下暖房でもよかったんだが、この家基本土足なんで、床に座ることってないんだよ。唯一竈(かまど)前のラグを敷いているところは靴を脱ぐけど。オトモズがいるから土足禁の日本式は難しい。

奥の俺の部屋は梯子(はしご)が取りつけられるよう柵の一部を外した。一応壁際であれば下から見えないので目隠しカーテンは必要ないだろう。

オロチマルがクルカンに進化したとき、一時玄関からの出入りができなくなったものの、チャチャの階位上昇時に玄関も含めて家自体が大きくなったため、今は通れる。

でも階段は折り返しがあるし狭いから使えなかったから今までと変わりない。

ログハウスも初期と違ってガラスの入った窓を取りつけてあるので、明るさに関しては問題ない。女子部屋の向かいは倉庫だし。

俺の部屋はかなり狭くはなったが、、ツナデとルーナが別になったため、オロチマルがベッドに上がっても……布団がボロボロになりそうだからやっぱりだめだ。家具はいらないから、ベッドの横にラグを敷いてスペース取ろう。

「風舞輝、お風呂空いたよ」

「おう、サンキュー」

雪音たちが入浴中に改装はほぼ終了した。《錬金術》と《コピー》があれば、さほど時間はかからない。家具の移動も《インベントリ》に入れてしまえば簡単にできるし。

時間がかかったのは、薪ストーブとエアコンの魔道具作成の方だった。
エアコンも一つ作ってしまえば、あとは《コピー》で増やせるので、寝台車の方にも設置するか。
手を洗ってからダイニングに向かう。
これで俺がいてもプライバシーは守れるため、気にせず眠れるだろう。
明日は全員でベファナルに行く予定だ。

第二章　女子の買い物って

「ここがベファナルの街かあ」

「大きいわね」

雪音と牧野は割と大きめの街には寄らず、小さめの町や村に行く方が多かったらしい。

国境を越えたあたりでは村さえも避けていたそうだから。

俺も王都には行ったことがない。あ、元王都ならあるな。

ベファナルに着いて最初に訪れたのは服屋だった。

「こっちの方がいいんじゃない」

牧野がルーナの背中に、フエルト生地のような厚手のチュニックをあてる。裾（すそ）や襟（えり）に刺繍（ししゅう）とビーズ飾りのような装飾がついたものだ。

「これの方が似合うと思うけど」

雪音はチロリアンテープのような飾りが縫（ぬ）いつけられた前ボタンのワンピースを、ルーナの前に差し出す。

ルーナは少し戸惑っている感じか？

エバーナ大陸でもルーナの村は奥地にあり、ベルーガの森の外縁部——出口にあったムル村でさえ、獣族の村だったからか、服屋で見たものは装飾とかは全然なかった。ルーナ自身装飾のついた服を欲しがる様子を見せなかったのは、そういう感覚がないからだろう。

ベファナルは大きな街だし、領都だけあって店の数も多い。富裕層のための新品を仕立てるオーダーメイドの店もあれば、そこそこ裕福な層が利用するセミオーダー的な店もある。そういう店は仕上がるまで日数がかかるので今回は用はない。

そんな貴族の利用するような店ではなく、市民のそこそこ富裕層が使うような価格の服屋。といっても、リサイクルショップだけど。俺たちが今いるのは、比較的綺麗な服を扱う店だ。

中古服だが富裕層の服が流れてくる店だけあって、服に装飾がついている。

俺が今まで服を買うために行った店は、低中ランク冒険者が利用する、それなりの安物を扱っているところだった。

一応そういう店にも行ったが、見るだけ見て買わずに店を出た。雪音と牧野のお眼鏡にかなわなかったのだ。おかしいな、今までこういう店を利用してたって聞いたんだけど。

雪音たちの服はリペアを施していたため、ほつれややぶれはないものの、物自体は低所得層相手の店で購入したものらしい。装飾はなく色も地味めなのは、俺と同じだった。

ちなみに、今いる店は四軒目になる。徐々に店のレベルが上がっていった。

女子高生（JK）な二人はもう少しおしゃれな服が欲しいのだ。

いきなりグレードアップするのではなく、低価格↓一般市民向け↓少し裕福な人向け↓小金持ち向けの順で回っていった。

二軒目の店では一式服を購入している。それを雪音がリペアし、ルーナも含め三人はそちらに着替えた。一着しか買わないので少ないなって思ったんだが、少し小綺麗（こぎれい）になってから三軒目の店へ。

三軒目の店でも同じように購入し、その服をリペアして着替えた。

店側も客の服装を見るから、あんまり不釣り合いな格好だと客扱いしてもらえないんだよな。

リペアしたおかげでそこそこ綺麗（きれい）だからか、四軒目の小金持ち向けの店でも店員の扱いは丁寧だ。

最初は楽しそうだったルーナも、さすがに四軒目になると引き気味だ。

俺は変な目で見られた。やっぱりこの駆け出し冒険者装備が貧乏人に見られるようだ。

店員に「荷物持ちの方は外でお待ちください」と言われた。俺がお財布（スポンサー）なんですが。

着替えのために空（から）の箱車を出したので、今は商業区の駐車場に停めている。オロチマルとジライヤはそこで待ってもらっているが、俺もそっちがよかった。

ツナデは三軒目でついてくるのをやめて、箱車で待っている。俺も一緒にジライヤたちと駐車場で待ってようとしたところ、止められてしまった。

「風舞輝の服も買うんだから、いなくちゃダメでしょ」

雪音が俺の手を引っ張って、男性の服が並んでいる方へ進んでいく。

「あ、風舞輝。あなた用のを数着選んであるから合わせてみて」

牧野に言われて店員の方を見ると、その手に数着の服を抱えていた。

「お客様、どうぞこちらに」

さっきは荷物持ち扱いしたのに。そして俺はフィッティングルームに案内された。鏡はないけど。

着替えて出ると、二人が両手いっぱいの服を抱えていた。

俺という財布（スポンサー）がいるから遠慮なしだ。

ギルド貨を両替しに行かないと足らないかも。

「うん、いい感じだよね」

「そう？　ちょっと地味じゃない」

いや牧野よ、この世界でどれだけ派手なものを求めている！　俺は遠慮するぞ。

一着買えば《コピー》で増やせると言ったら睨（にら）まれた。うーん、異世界に来てまでファッションにこだわらなくともいいんじゃ……ゲフン、ゲフン。

服は見た目もあるから仕方ないが、下着はこっちのものはよろしくないみたいで、二人が召喚されたときに着ていたものを《コピー》することになった。

目隠しされての《コピー》だったけど、一度《コピー》したものは、次から見本なしで〈複製（デュプリケイト）〉できるんだよ。

忘れてるみたいなので、あえて言わない。

え、内緒で〈複製〉(デュプリケイト)？

ソンナコワイコトヤリマセン。

「ごめんね、ツナデちゃん」

「思っていたより、時間がかかっちゃったわね」

雪音と牧野とともに買い物を終え、箱車のところに戻ってきた。

「買い物終わったん？　フブキといい、みんな買いもん好きか」

「うん？　風舞輝もよくお買い物するの」

ツナデの言葉に、意外そうな表情で俺の方を見る雪音。

「いや、買い物っていうか。朝市とかで食材を買うだけで」

「あれだけ調味料があるんだから、いろいろな料理が作れたことでしょうね」

少し遠い目で牧野が言う。俺が食べてきた料理でも想像してるのか？　まあ食は重要だ。君の気持ちはわかるぞ、牧野。

「う、そういえば腹が減ってきたな。一旦帰ろうか」

服屋で午前中が潰(つぶ)れ、防具屋までたどりつかなかった。一度昼食のために家に戻って午後から防具屋に行くことになった。

ベファナルの東門を出て少し行ったところに〈空間記憶〉してあるが、外に出るのも面倒なので、人気のなさそうな路地奥を〈空間記憶〉して帰った。

そして昼からは防具屋だ。

防具屋へ行くと、予定より一日早かったが俺とルーナの装備ができ上がっていた。早速俺たちは装備を変更する。これでもう駆け出しとは言われまい。

俺たちが着替えている間に、雪音たちはそれぞれの装備を注文し終えていた。

雪音たち用にワイバーンの皮も追加で渡した。一応前のとは違う個体のやつね。

雪音は今後パーティー内では後衛、魔法職としてやっていくことになる……とはいえ、うちの戦闘狂が後衛に出番をくれるとは思わないけど。

でも、ちょっとは戦闘してレベルアップをした方がいいから、回してもらった方がいいんだよな。いっそ二手に分かれて活動した方がいいのか？　まあ、それはそのうち考えよう。

俺の《取得経験値シェア》は眷属か《従魔契約》を交わした相手でないと効果がないんだ。《取得経験値シェア》はパッシブスキルなんで、それを付与した魔道具を作ることができなかった。

二人には自分たちで戦ってもらうしかない。

荒事に向いていない雪音に危ないことをさせたくないが、この世界はレベルが存在する世界だ。万が一を考えたら上げるしかない。

牧野の方は本来の盾職に戻る。防具は革オンリーではなく、一部金属を使った防具がいいとのことだった。

金属製の防具は鍛冶屋かと、防具屋に別の店を紹介してもらおうと思ったら、プレートメイルではなく部分的に金属を使うだけなら作ってくれるということだった。見せてもらった見本は、革鎧の要所に金属板を貼りつけた、というか縫いつけた感じだ。

牧野の装備の仮合わせまでは日数がかかると言われた。金属を使うためか、四日後に顔を出すことになった。

あとは武器だ。

牧野は片手剣か槍がいいというので、俺が使っているブレードディアのククリのコピー品を渡そうとしたが、もっと刀身が長く幅も広めな西洋剣タイプの方がいいらしい。なので、武器を扱う店でよさげなものを探す。

片手剣と言いながら選んだのはツーハンドソード。柄を含め二メートル近くあるんだが、どこが片手用なんだよと突っ込みたくなった。腰に差せるはずもなく、背中に装着するタイプだ。

このタイプの剣は、刃に切れ味など存在しないので鞘はいらない。これって鈍器だよな。

牧野は俺と同じく剣全般を扱える《剣術スキル》を持っているけど、使い慣れた形の方がしっくりするらしい。俺もククリオンリーだしな。

《ナビゲーター》が言うには、それでも《剣術スキル》があれば、他のタイプもそう時間がかからず使いこなせるとのことだった。

なので、牧野は購入した剣をメインウエポンに、一応サブウエポンとしてククリも渡しておく。

俺はツーハンドソードはいらないが、まあ《コピー》はしておいた。

雪音の武術スキルは《槍術》《杖術》《短剣術》《弓術》の四種類で、一番スキルレベルが高いのが《槍術》、次点が同レベルで《杖術》《短剣術》だった。

《弓術》はレベル2。持っているだけとか言っていたが、スキルが習得できるくらいには使ったんだよな。

冒険者登録では〝短剣使い〟で登録していたから、見せ武器に短剣を装備していたが、実戦でも多少は使っていたため、最近レベルが上がったらしい。

短剣が届く距離までモンスターに近づくことができるようになっていたってことか。

俺だってそこまでの近接接近戦闘はしてない。女の子の雪音にそれはきつかったんではないだろうか。なんで〝短剣使い〟で登録したんだ？

「ちょうど手頃な短剣が手に入ったの。そこそこいいものだったみたいで、ミスリル合金だからって、カナちゃんが」

わずかだがミスリル含有があったのか。ミスリル合金は初級冒険者じゃ手は出ないんだよな。

今後は戦闘用武器は槍を使うってことで槍を注文したし、とりあえずはスケルトンの接収品の槍を持っているということで見せてもらった。

これも切れ味とか全くなさそうな、刺突でも使えなさそうな槍だな。

雪音も初めは近接戦闘では槍を使っていたらしい。薙刀をやってたし、槍は得意じゃね？

「普通の槍と薙刀はちょっと違うよ。グレイブっていうものの方が近いかな」

そうなのか。

槍はせっかくだから、以前倒したトライデントジャイアントゴートの角を加工して作ってもらうことにした。

三叉に分かれている角を分割したら、三本の槍を作ることができると思ったので、三本作ってもらうことにした。一番小さいものは短槍にするかな。

武器屋の店主には「分割するなんてもったいない」と言われたが、角は一対だから、反対側のもあるぞ？　え、売ってほしいって？　俺的にはいくらでも〈複製〉できるから構わないけど、トライデントって使いづらくないだろうか。

「トライデントはロマン武器ってわけではないし、銛と考えたらアリかしら」

なんて牧野はつぶやいていた。ここで両角を出したから、同じ素材をさらに出すわけにはいかない。別の街の武器屋に行って作ってもらうことはできるが……牧野、欲しいの？　トライデント？

トライデントジャイアントゴートの角で作った槍は、魔力を流すと光るから、松明がわりにも使えるって言われた。俺たちはスキルや魔法があるんで基本灯りを必要としない。唯一必要なオロチマルは槍を持てないし。

雪音も《光魔法》が使えるが、牧野はそれ系のスキルを持っていないようだ。槍が完成したら予備に〈複製〉して渡しておこう。あと、電球の魔道具でランタン的なものとサーチライト的なものでも作るか。

神様に貰った道具の中に、ソーラーランタンがあったものの、あれプラスチックというかＡＢＳ樹脂だろうから、見た目がね。こっちの世界にマッチしないんだよ。

でも、非常用に道具の中から使えそうなもの見繕って、二人に渡しておこう。

待てよ。俺は槍を持ってなかったっけ。死蔵していたもののことを思い出す。

ルーナのダマスカスの双剣を購入した店で、値切って購入した槍があったはず。

確か倉庫の棚に予備に〈複製〉した防具と一緒にしまっていたはずだ。今ログハウスをオルニス森林に出したままだから《インベントリ》には入っていない。注文した槍が完成するまでのつなぎに渡しておくか。

牧野用の盾だが、こちらもずっと死蔵していたシールドタートルの甲羅の出番がやってきた。

槍の加工は二日と言われたが、盾は加工に一週間かかるらしくて、今日から一週間はベファナルに拠点を置くことになった。

買い物を終えたその足で、冒険者ギルドに行く。雪音たちがベファナルの冒険者ギルドで移動手続きをしたが、パーティー申請はまだしていない。ちょっと日にちをあけてからする予定だ。パーティー名がまだ決まっていないからじゃない。

雪音たちが尋ね人の依頼を取り下げてすぐに俺とパーティーを組んだら、ギルドに不審がられるだろう。

その対策として、申請は日にちをあけることで、俺たちが元々の知り合いではなく、偶然知り合ってパーティーを組むことにしたって見せかける。

それはそうと、早めにパーティー名を考えた方がいいかな。牧野に任せると厨二病全開な名前になりそうな気がする。

いや、厨二病な名前は日本、というか地球っぽくなるため、勇真を通してスーレリアに感づかれる可能性があることを牧野に指摘したら、考え込んでいたので、心配しすぎかな。

俺たちは早晩スーレリアに向かわなければならない。日本で俺たちがどういう扱いになっているかもわからない。行方不明扱いか最悪死亡扱いかもしれないと思うと、一日も早く帰れるよう合流するべきなんだろう。

生きていることを伝えられないなんて、親に申し訳ない気持ちもあるため、早く日本に帰りたいとは思う。

その反面、苦労してきた二人にゆっくりさせてやりたいのと、異世界生活を楽しませてやりたいって気持ちもある。俺は一人飛ばされはしたが、結構楽しくやってきた。そこのところも二人に申し訳ないって思う。だから、財布扱いは喜んで務めるよ。

それでも日本に帰れるのは、まだまだ先になりそうかな。

フェスティリカ神は「四人揃って神域に来るように」と言っていた。

俺は、勇真と一緒に旅ができる気がしないんだけど……

先に神域を見つけておいてから、勇真を連れに行った方がいいよな。

俺の言うことなんて絶対素直に聞かないだろうから、眠らせるなりなんなりして《インベントリ》に放り込むのがベストな気がする。

でも、もしかしてもしかしたら、勇真だって帰りたがっているかもしれない。

俺たちと違って神様の加護がない状態だから、苦労してるんじゃないかと思う。

だからといって楽観視すると、えらい目にあうかもしれない。やっぱり神域の場所確認が優先だな。

このあたりもおいおい雪音たちと相談するつもりだ。

ちょうど装備ができ上がるまでの一週間という待ち時間ができた。二人にはゆっくりしてもらうつもりでいる。

しっかりと栄養を取って、体重を増やさないとな。

言葉に出したら殺されそうだから言わない。

さて。今日の用事は終わったので、そろそろ帰ろう。もうすぐ閉門の時間だ。今から外に出るのもアレだし、箱車を停め置くのにこの前利用した宿の車庫を借りようっと。預けたままにしておけるしゲートも使いやすいから。

雪音たちも数日とはいえ、しっかり食べてゆっくり（服屋巡りがゆっくりの中に入るかどうか疑問だが）したことで、肌艶もよくなって元気を取り戻した。

ベファナル二日目は、俺はショッピングに付き合わなかった。ルーナと護衛がわりにツナデとジライヤに付き添いを頼もうとしたが、ルーナに拒否された。

「私の服はユーとカーが選んで。それでいいから」

多少のサイズ違いは《錬金術》でなんとでもなるし、少し大きいくらいの方が成長の早いルーナにはいいだろう。

ルーナたちの雪音と奏多の呼び方は〝ユー〟と〝カー〟になった。牧野はフェブラルなので〝フェー〟にする案もあったが、その法則で行くと俺が〝ブー〟になるので紛らわしい。いや誰も俺のことを〝ブー〟とは呼ばないけど。

これはオロチマル対策だ。オロチマルが呼べる名前ということで、混乱しないようにみんなも使うことになった。

オロチマルはルーナのことをいまだに〝ルー〟呼びだ。というか、最初に呼んだ名前を変えられないようなのだ。俺もずっと〝まま〟呼びで、〝ぱぱ〟に変えられなかったし。

そんなわけで、次の日は二人プラスチャチャでお買い物に行くことになった。ツナデもテイマーである俺がいないと万が一のときに困るらしい。

ジライヤの方は箱車を牽く輓獣として、繋いでいればいいらしい。まあ《ダークネスハイド》を使えば抜け出せるから意味ないけどな。ただ、街中を連れ回すことはできないので、結局は車庫で留守番ってことになる。

連絡係としてツナデの《分体》に箱車で待機してもらって、買い物が終われば迎えに行くことになった。

「今持ってるチルト（現金）と、予備にギルド貨を三枚ずつ渡しておくよ」

黒の小袋に入れたギルド貨が中でチャリチャリッと音を立てる。小袋を受け取ることにためらいを見せる雪音。そこに牧野が疑いの目を向けてきた。

「これ、まさか《コピー》したんじゃ……」

「違う違う！　お金だけは《コピー》してない。ちゃんと稼いだやつだから。まあ、素材は《コピー》して売ったりはしたが、贋金（にせがね）には手を出していないぞ！」

《コピー》したお金が贋金（にせがね）扱いになって、犯罪者チェックに引っかかるかもと思うとできない。素材や魔道具のコピー品を売るのは犯罪扱いになっていないとはいえ、コピー品の販売がどこからどこまでが大丈夫なのかなんて、試す気もない。

「私は風舞輝がそんなことするって思ってないから。お金は嬉しいけど、稼いでいない私たちがギルド貨を持っている方が怪しまれないかな？」

雪音の指摘にそれもあるかと一瞬思ったが、犯罪者チェックができるんだから、盗んだとかだとバレるよね。

「パーティーを組んだ後なら大丈夫でしょう。遠慮なくいただくわ。ありがとう、風舞輝」

牧野はにっこり笑顔で小袋を受け取った。それを見て雪音も申し訳なさげな顔をして受け取る。

「ありがとう、風舞輝。大事に使わせてもらうね」

大事にするのと使うのはイコールではない気がするが、万が一のときのために渡すんだから間違いじゃない……？　二人は小袋をそれぞれしまって、出かける準備を終えた。

「じゃあ、行ってきます」

「出かけてきますね、家主様」

雪音とチャチャはそう言って出かけていった。

ベファナルで車庫を借りた宿は、雪音たちの装備ができ上がるまでの六日間ほど借りることにした。同じ場所を希望したら、空いていたみたいで借りられた。

ルーナたちは買い物には行かなかったが、じっとしていられるわけはなく、当然〝森へお散歩〟へ行った。

俺は一人家に残り、雪音たちに渡すための魔道具や荷物を準備することにする。

二人がはぐれてしまうことも考え――そんなことはないに越したことはないが、備えはしておいた方がいいだろう。それぞれに同じものを用意する。

まずは野営セット。ワンポールテントだが、タープとして防水性のある毛皮を貼りつけたものを使うと、見た目がこっちの世界のものらしくなる。

キャンピングマットもシュラフも同じく毛皮を貼りつけカムフラージュ。ランタンは俺が作った灯りの魔道具の方。スキレットや小鍋、カトラリーなど調理や食事に必要なもの。

シャールで購入した魔道具コンロを、コンパクトな一口に改良してカセットコンロサイズにすることに成功、これも渡しておく。

問題は食材と調味料だ。調味料は一番忘れちゃいけないな。

けれど、二人の《アイテムボックス》は時間停止機能がついていない。そう、腐（くさ）るものは渡せない。いや渡しておいて腐（くさ）る前に適宜交換すればいいんだが、あくまで非常用持ち出し袋のようなものだから。マヨネーズやチューブワサビなどの〝開封後要冷蔵〟のものは諦（あきら）めてもらおう。

調味料の内の半分は最初に《コピー》する前に既に使ってしまっていたから、開封済みのものしか用意できないんだよ。未開封だったら、もうちょっと保ったんだろうけど。

そうしてでき上がったのは、神様に貰（もら）ったバックパックを使った、非常用野営セット。結構デカくなったので、持ち歩くのはちょっと遠慮したいサイズだ。《アイテムボックス》があるからできるんだよな。

『ルーナのレベルが上がりました。ジライヤのレベルが上がりました』

荷物の整理をしていると、《ナビゲーター》からレベルアップコールがきた。最近ゴブリンばかりで経験値少なめだったんだが、他に何か見つけたのかな。


雪音たちの迎えの連絡より、オルニス森林に行ったルーナたちの方が先に帰ってきた。

「ゴブリンは見かけなくて、コボルトやオークがおったで」

ゴブリンの集落がなくなったからか、ゴブリンの活動範囲と思われる区域に、他のモンスターが増えてきたようだ。モンスターの生息地というか、分布の変化は早いんだな。

「あとジャイアントモス。モスの翅は薬になることが多いから、持って帰ってきた。でも食材になりそうなのは見つけられなかった」

ルーナによると、巨大な蛾の翅は痺れ薬とか毒薬の材料になるらしい。

「食べられるヤツ、夜はいた」

ジライヤが夜に出かけたときに見たのかな。夜行性のモンスターかも。同じ場所でも棲み分けたりするんだろうか。

『ままー、おみやげだよ』

オロチマルが咥えていた麻袋を俺の前に置く。中身についてルーナが説明する。

「食べられそうな木の実があったから採ってきた」

「ちょっと酸っぱいけど。プーの実を料理できるチャチャやったら、美味しくしてくれるやろ」

ツナデが味見をしたらしい。ちょっと口の周りが赤い。麻袋の中はラズベリーに似た濃い赤と紫色の中間のような実が入っていた。

「これって桑の実か？」

＝オルニスマルベリー　状態・未熟
オルニス桑の実。アントシアニンやビタミン類や鉄分など豊富な栄養素を含んでおり、細胞の老化を予防する効能がある。ポーションの材料として加えると、薬効を上げる効果もある。オルニス森林特有種＝

へー、ポーションの材料にもなるのか。そうだ。ポーション類も渡す荷物の中に入れておくか。

色の薄いものはまだ熟していないみたいで、黒っぽいほど熟成が進んでいるようだ。これも《コピー》しておこう。

そんなことをやっていると、ツナデ分体が合図を送ってきたので、雪音たちを迎えに行く。

チャチャは食材を、雪音たちは服を買ってきて満足顔だ。出されたものをまとめて《コピー》しておく。あ、俺の服も入っていた。

『スキル《コピー》のレベルが上がりました』

お、ここのところ《コピー》しまくってたからな。

『レベル7では触れた対象の持つスキルをランダムで《コピー》することができる〈スキルコピー〉が使用可能となります』

「へ？」

「どしたんフブキ」

「変な顔して」

『まま？』

俺の声に、ツナデ、ルーナ、オロチマルが反応する。

「いや、今《コピー》のスキルレベルが上がったんだが」

「わあ、おめでとう」

「あら、どんな呪文が増えたのかしら」

俺の言葉に雪音はレベルアップを祝う言葉をくれ、牧野は新しい呪文に興味を持ったようだ。

「えーっと、〈スキルコピー〉っていう、相手の持つスキルをランダムで《コピー》できる、みたいな？」

「すごいね、フブキ」

雪音は単純に喜んでくれている。

「それ、ラノベでよくあるチート能力よね」

「あー、そうかも」

牧野の言う通りだと俺も思った。

「皆様、お食事のご用意ができましたので、テーブルの上を片づけてもよろしいですか？」

俺が微妙な顔をしていると、チャチャがやってきた。テーブルの上は、今買ってきたものと《コピー》したものとで山盛りになっていた。

というか、帰ってきてちょっとしか経っていないのに、もう昼食の用意ができるとは、スーパーウルトラ家精霊(ブラウニー)だな。

まあ、なんだ。昼食を取ってから、〈スキルコピー〉を試してみることになった。雪音と特に牧野がスキルを使うところを見たがったし、実験台になると申し出た。

〈スキルコピー〉を使うにはスキルを持つ相手が要るから、ありがたいっちゃありがたい。それを聞いてルーナたちも手を上げて、結局全員が実験台に立候補したわけだな。

外に出た俺たちは、早速実験を始めてみることにした。

「この中で一番種族レベルが低いのは私だよね」

確かに雪音の言う通りだ。ただ、《コピー》の相手としてそれでいいのだろうか?

『イエス、マスター。〈スキルコピー〉は種族レベル差があるほど成功率が高くなります』

種族レベルだけが条件ってわけでもないみたいだが、《ナビゲーター》にそう言われたので、まずは雪音で試してみる。

なお、身体に直接触れる必要があった。服越しとか装備越しってのはダメらしい。

向かい合って雪音の手を握る。

「なんだか改めて握られると、は、恥ずかしいね」

少し頬(ほお)を赤らめてそんなことを言うので、こっちもなんだか気恥ずかしくなってきた。

「再会したとき、思いっきり抱きついていたのに、今さらじゃない?」

「カ、カナちゃん」

「えっと、さっさと済ませよう。〈スキルコピー〉」

途端にMPが大量に抜ける感覚が。

『〈スキルコピー〉に成功、スキル《裁縫》を習得しました』

「どう？《コピー》できた？」

「成功したの？」

俺が微妙な顔をしていると、雪音と牧野が聞いてきた。

「あー、うん。成功した。《コピー》できたのは《裁縫》スキルだけど」

『イエス、マスター。《コピー》できるスキルはランダムですが、マスターが未習得で、ユニークスキルの系譜以外となります。職業スキルも、その職業を取得できる状態でなければ、成功率が下がるようです』

「あー、ユニークの系譜、雪音の場合だと《治癒》スキルとかは《コピー》できないみたいだ。あと、今の俺が取れそうにない職業のスキルとかは成功率が低いみたい」

「魔法スキルとかはもう持ってるから、私から《コピー》できるものは《裁縫》くらいしかなかったんだね」

「それじゃあ、私から《コピー》できそうなスキルって、なさそうね」

お互いのスキルについてはある程度情報交換をしていたので、牧野が自分のスキルと比較して辞退した。

「あー、ＭＰ1億消費してるし、燃費悪いかな」

「「1億！」」

雪音と牧野が声を揃えて驚く。え、俺のＭＰは前に教えたよね？

「フブキにしか使えんスキルやな」

ツナデが呆(あき)れたように言う。

「じゃあ、あたしから何か持ってく？」

ルーナが次は自分と前に進み出た。

「ルーナから《コピー》できそうなスキルって、罠(わな)系？　でも俺、斥候(スカウト)職とか狩人(ハンター)職な行動ってやってないから、《コピー》できる可能性は低くないか。どうだろ」

『イエス、マスター。眷属からでは成功率は高くなるようです』

「繋がりがあるからか。じゃあ、やってみるか」

そう言って、ルーナと握手するように手を繋ぐ。

「〈スキルコピー〉」

やはり1億ほどＭＰを消費した。それと同時にツキンと頭痛が走る。

『〈スキルコピー〉に成功、スキル《森歩き》を習得しました』

「《森歩き》って、森狩人(フォレストハンター)の職業スキルか。職業は増えないけど、スキルは習得できるみたいだ」

「次はウチや」

次にツナデが俺の手を握った。

「いつでもええで」

「じゃあ〈スキルコピー〉」

今度はガツンと、先ほどよりも強めの頭痛がきた。

「うっ」

「スキル《疼痛耐性》のレベルが上がりました。〈スキルコピー〉に成功、スキル《木登り》を習得しました』

「風舞輝？」

雪音が不安げな声を上げた。

「これ、もしかして連続使用しない方がいいやつかも……」

《疼痛耐性》を持っててこの痛み、さらにスキルレベルが上がるって、身体に負担がかかってるってことだよな。〝ズキズキ〟だったものが、徐々に〝ガンガン〟した痛みに変わっていく。

『イエス、マスター。ＨＰの減少を認めます。〈スキルコピー〉の連続使用は控えた方がいいと思われます』

頭を押さえてぐっと目を閉じる。

「続けて使うと身体によーないんやて」

「ＨＰも減るって」

心配そうにする雪音と牧野に、ツナデとルーナが《ナビゲーター》の言葉を伝える。〈念話〉スキルのない二人には、《ナビゲーター》の声が聞こえない。

「フブキ」

『まま？』

ツナデの次にと待っていたジライヤとオロチマルが、俺の身体を支えようとひっついてきた。

「どうしてもスキルが必要ってわけじゃないでしょう。これ以上はやめましょう」

牧野の言うことももっともだった。

「あ、ああ。実験は中止だ」

「とりあえず家に入りましょう、風舞輝。気休めかもしれないけど、治癒かけるね〈体力回復〉〈病気治療〉」

雪音が【治癒スキル】を使ってくれる。この頭痛の原因が病気とは限らないので、効くかどうか雪音にもわからないようだ。

ジライヤとオロチマルに挟まれた状態で、ロッキングチェアに促され座ると、雪音が濡らしたタオルを額に当ててくれた。

「効果の割に負担が大きいんじゃない？〈スキルコピー〉って」

「すでに大量のスキルを持っているからでしょう。私やユッキーが使えれば有益なスキルが習得できるかもしれないけど？」

それはあるかもしれない。

「でも、必要MPが1億なんて使えないよ」

雪音が残念そうに言う。

あー、HPも2億ほど減ったみたいだ。雪音の〈体力回復〉で5000ほど回復したけど、俺の総HPからすれば微々たるものだ。普通だったら効果が高いんだろうな。うちで俺の次にHPの高いジライヤでも20000だから、四分の一は回復する。まだ種族レベルが低いが、Sランクモンスターなので今後はもっと上がるだろう。

十分ほどで頭痛が取れたので、自分に《回復術》をかけておく。

「ごめん、心配かけた。もう大丈夫」

「本当、無理してない？」

雪音が心配そうに顔を覗き込んでくる。

「うん。もう平気」

心配されすぎて、なんだかかえってむず痒いな。

「実験の後は連携訓練しようかって言ってたけど、やめておく？」

続けて雪音が尋ねた。

買い物もある程度終わったし、今後のことを考えて、パーティー戦闘の訓練をしておこうと牧野が提案していて、実戦形式で試すことにしていたんだ。

「それだけど、いっそ直接っていうか、もうダンジョン探索やっちゃわない？」

牧野が別案を出してきた。午前中にルーナたちがオークやらジャイアントモスやらを狩ってきたと聞いて、ルーナたちは自分たちより強いと実感したらしい。

「風舞輝たちはダンジョンに行ったことがないんでしょう？」

牧野の問いにちょっと考える。あそこはダンジョンとして行ったわけじゃないよな。

「依頼でダンジョン化した鉱山に行ったことはある。でも、ダンジョンっていうより、ただの廃鉱山って感じだったな」

他はニーチェスに入ってすぐのティオルって街の近くにダンジョンがあったが、興味はあったものの移動を優先したから行かなかったし。

移動を優先とかいっても、あちこちでいろいろ巻き込まれたというか、首を突っ込んだことで足止めを食らったけどな。

「依頼を受けて資金稼ぎと冒険者の級上げを積極的にしていたのも、最初のうち、というか、ラシアナ大陸に来るまでだな」

ラシアナ大陸に渡ってきてからはルーナたちのストレス発散のためと、否応なく巻き込まれた案件で級が上がってしまった感じだ。

「ゲーマーのあなたがダンジョンにも行けなかったなんて、それなりに苦労はしてたのね」

牧野がヨヨヨと嘘泣きをしながらそんなセリフを吐く。

「じゃあ明日、ダンジョンに行ってみる？」

と、俺が提案する。

スクーナの近くにはダンジョンが三ヶ所あるんだとか。

「私たちも三ヶ所のダンジョンのうち、コーカルダンジョンにしか行ったことないんだけどね」

スーレリアにいたときも、そう多くのダンジョンへ行ったわけではないらしい。

召喚者のことは貴族の中でも一部の者しか知らず、情報を秘匿するために、行動範囲が制限されていたようだ。

「コーカルダンジョンも、連続しての探索は二日間しかやってないから、浅層しか探索してないのよ」

牧野が言うには、疲れを溜めないように二日ダンジョンに行って一日休みをとる形をとっていたとのこと。ダンジョン内で休息をとるにも警戒すべきは魔物だけではないので、二人では交代で休むにも余裕がなかったそうだ。

「雪音の〈疲労回復〉である程度疲れはとれるけど……」

肉体疲労も精神疲労も回復するのだが、魔法だけでは癒されない部分というのがあるようで。

なんとなくわかる気はする。

「そろそろ連泊探索しようかと話していたところだったの」

「風舞輝たちがいれば人数的なことだけじゃなく、快適さも段違いなダンジョン探索になりそう」

うん、快適さは譲れないな。雪音の言葉に反論はない。

「でも、スクーナからベファナルへ移動手続きしちゃったよ?」

「別に依頼を受ける必要はないんだから、スクーナの冒険者ギルドに寄る必要はないでしょう?」

牧野が雪音に向き直って続ける。

「それに、コーカルダンジョン以外に行けば、顔見知りも少ないと思うし。というか、警備の連中にまで冒険者の移動情報をいちいち伝えないでしょう」

ソロンシュ山脈にある三つのダンジョンは、入出者の管理だけでなく、犯罪者のチェックもしているらしい。

冒険者ギルドが管理する前は、ダンジョン内で冒険者を狙った犯罪者グループ? 組織? がいたらしく、ギルドが管理するダンジョンは犯罪者チェックをしているのだとか。

「じゃあ、明日はダンジョンってことでいいわね」

牧野が決定とばかりに手を打つ。

「ちょうどいい、雪音と牧野に渡すものがあるんだ」

ででんと、俺は《インベントリ》から大きなバックパックを二つ取り出す。

「なあに? この荷物」

雪音が尋ねてくる。

「万が一はぐれたときに野営ができるよう、一式詰め込んでみました」

中身を書き出したルーズリーフを一枚ずつ二人に渡す。

「ちょっと、どこのキャンパーよ。この品揃い」

リストを流し読みした牧野が、皮肉っぽいセリフをちょっと嬉しそうなにやけ顔で言う。

「すごく重いんだけど、まあ、持てなくはないかな」

見た目はインパクトがあるが、レベルが上がっている二人は余裕で持てる。

「俺といるときは必要ないから、非常用だな」

「災害時の非常持ち出し袋みたいな」

雪音がバックパックを試しに背負いながら言う。

「そんな感じ」

ルーナやツナデにもある程度のものは持たせているが、二人の方が断然量は多い。特に雪音がサバイバル慣れしてるとは思えないので。

「装備はまだできていないから、今までのを使うことになるな」

俺がそう言うと、二人は《アイテムボックス》に入れてあったスーレリアの支給品とか、スケルトンソルジャーからの接収品を取り出した。

スーレリアから支給されたという牧野の盾は、ライオットシールドの部類に入るのだろうか。

見せてもらったが、この盾は俺でもわかるくらいの粗悪品だ。ただの木の板を鉄の枠に嵌め込んで繋いだ安物で、どこかのボロ屋の扉かと言いたくなるくらい粗末なものだった。

スケルトンソルジャーからの接収品の方がまだマシだ。サイズが小さいラウンドシールドだけど。

「……これでよく戦えたな」

「ええ、防具の性能が悪すぎるから、いつもスキルの《物理防御》を盾に乗せたわ。そのせいか、所持スキル中では最高のレベル7ね」

牧野は【ユニークスキル】が《鉄壁の防御》で、その効果で【防御スキル】の項目がある。

俺の【生命スキル】と同様に【技工スキル】や【補助スキル】とは別の独立スキルのようだ。

確かエルフの伝承にあったのは〝異世界人は【ユニークスキル】に関係するスキルを必ず三つ持っている〟だったか。あれ？　魔族の伝承だっけ？　まあ、どっちでもいいか。

さっき《ナビゲーター》も言っていた〝系譜のスキル〟ってやつだな。

ダーレンさんは【ユニークスキル】が《物造り》で【生産スキル】があったって言ってたな。【生産スキル】が三つなかったのは、怪我(けが)と記憶喪失が関係しているんだろうと話していた。どっちかといえば、スキルを消失するほどの怪我(けが)を負って記憶喪失になったっていう感じか。

俺は加護二人分でイレギュラーすぎて、定説からはみ出ているからよくわからない。

とりあえず、スーレリアの支給品はゴミなので、スケルトンソルジャーのラウンドシールドの方を《錬金術》で頑丈(がんじょう)にして、アイアンゴーレムの素材から錬成した鉄をコーティングした。

補強したラウンドシールドを《コピー》して予備も含めて二個渡しておく。

スーレリアのゴミ盾を《コピー》してもゴミを増やすだけだし、《アイテムボックス》に入れていても邪魔なので、ここで処分していくことにした。木の部分は薪くらいにはなるだろう。

前衛用の鎧がないため、しまっていたルーナのものを出してみたが、これも俺のと同じグレーウルフとホーンラビットの素材で作られていて防御力は低く、ないよりまし、くらいだ。サイズも合わないので、結局防具は今使っているものをそのまま使うことになった。

槍は、俺がエバーナで購入して死蔵していたものを渡す。

俺は、槍は使わず物理武器はククリオンリーだった。《槍術》は召喚されてすぐ、手作りした石槍を使っていたため、レベル4まで上がったものの、冒険者登録してからは使ってない。《棒術》と《盾術》のレベル1よりましだけど。

「あった」

倉庫からエバーナで買ったダマスカスの槍を探し出した。ちょうどいいことに、穂先はナイフ状をしていて、刺突だけでなく斬ることもできるタイプだ。

ミスリル合金ほどではなくとも、鉄製武器よりは丈夫なはず。

「これなら薙刀に近いんじゃないか？」

俺は《コピー》で増やして、二人にそれぞれ槍を渡した。

「グレイブっぽいわね」

牧野が穂先を確かめるように弾く。雪音は薙刀を習っていたから、刺突限定の槍よりこっちの方が使いやすいだろう。

雪音がダマスカスの槍を手に素振りをする。

槍を振るたびに、ヒュン、ヒュンと風切り音を鳴らす。

「えっと、穂先がダマスカス鋼、柄がトレントだったかな」

「うん、スケルトンの槍より使いやすそう。これ借りるね」

雪音のお眼鏡にかなったようだ。

「同じのならいくらでも出せるから、使いつぶしても問題ないよ」

言いながら、目の前でダマスカスの槍を〈複製〉して出す。

「あー、じゃあ、雪音、予備に二本ほど貰っておけば？　折れても《アイテムボックス》からすぐ出せるわ。隙も少なくなるし、私も貰っておこうかしら」

結局二人に二本ずつ渡すことになった。

「今まで〈修復〉して使っていたのに、使い捨てはちょっと心が痛む、みたいな……」

ちょっとケチ、ゲフンゲフン。雪音は節約が染みついているようだ。

「そうね。雪音は職業に〝修復師〟が増えたくらい、その活動をしていたってことだから」

ステータスの職業は、その人の行動が反映される。

錬金術で物作りをしていた俺に〝錬金術師〟が増えたように、雪音は〝修復師〟が増えたらしい。

『イエス、マスター。職業はそれに関するスキルの成功率や習得率上昇、スキルレベルの上昇率などの補正がかかります』

そういう恩恵もあるんだ。

次は食料かな。

「《アイテムボックス》に時間停止機能がついていないから、保存の効くものじゃないとダメだよな」

「ていうか、風舞輝の《アイテムボックス》に時間停止機能がついていることに驚きなんだけど」

牧野がジト目で睨(にら)んできた。

「それって、風舞輝のスキルが《インベントリ》だから？」

「いや、《アイテムボックス》の時点でついてた」

雪音の質問に答えると、牧野が小声で「この、チート野郎が」と言っているのがしっかり聞こえた。

「あ、じゃあ、時間停止は無理だけど、カバンに〈遅延(スロウ)〉を〈付与〉するから。それで……」

「「風舞輝は、時間魔法付与もできるの!!」」

俺のスキルも教えたよね？　多すぎて聞き漏らしたとか？

雪音のキラキラした目と牧野のジト目の差が……

「ああ……えっと、ルーナとツナデのリュックには〈付与〉してある」

そう言うと、ルーナとツナデが、アライグマリュックとお猿さんリュックを二人に見せてくれた。

「え、これ、風舞輝が作ったの？」

「ああ」

「なにこれ、ちょっと可愛(かわい)いんだけど。風舞輝にこんなファンシーデザインな才能があったの!?」

牧野がリュックのデザインに食いついた。〈付与〉のことじゃなくて、デザインの話？

「何か懐かしい感じが」

雪音がアライグマリュックを軽く撫でる。うん、昔雪音が持っていたリュックサックを思い出して作ったから。色味と大きさは違うけど、形状は雪音が幼稚園のときに使っていたアライグマリュックだから。

素材に使ったのは、ルーナが元々持っていたバックパックとも言いがたい背嚢なので、生地はこっちの世界のものだ。

二人の成長に合わせて大きくしたときに、いろいろ〈付与〉してマジックバッグにした。魔力チャージしなくても〈MP自然回復率上昇〉による回復量だけで運用できるギリギリの性能で魔道具を作った。

〈MP自然回復率上昇〉と《空間魔法》の〈空間拡張〉、《重力魔法》の〈減重〉、《時間魔法》の〈遅延〉をそれぞれ一種ずつ〈付与〉できたのは、オークキングの七級魔石だけだった。

手持ちの最上級魔石がオークキングの魔石で、運搬依頼で手に入れた魔石は最高が八級魔石なので、オークキングのそれより劣る。

〈遅延〉を魔法として使うなら十分の一まで時間の遅延が可能なんだけど、〈付与〉だと魔石の魔力が枯渇して効果が切れる。切れずにギリギリやりくりできるのが遅延五分の一だ。

「〈MP自然回復率上昇〉もつけてるから、魔力切れを起こさず運用できるよう、時間の流れを通

常の五分の一にしている。二人の使ってるカバンに取りつけてもいいし、使いやすそうなカバンを買ってきてもいい」

そう言って〈MP自然回復率上昇（マジックリジェネレーション）〉つきの〈空間拡張〉〈減重（ウエイトダウン）〉〈遅延（スロウ）〉の魔道具をそれぞれ〈複製（デュプリケイト）〉する。

「五分の一って、一日で固くなるおにぎりが五日保（も）つ、いえ四日はそこそこ柔（やわ）らかい状態で保（も）つってことよね」

牧野の比較対象がおにぎりなのが、今までの食生活が偲（しの）ばれて涙が。

「私たちもマジックバッグは持ってはいたんだけど、スーレリアの支給品だったから、逃げるときに置いてきたの。でも、あれも時間停止とか遅延の効果はなかったよ」

「私は、ダンジョンで手に入れたマジックポーチを使うからって、支給品は返したわ。ただ、そのマジックポーチも逃げるときに持ってなかったのよ」

雪音は自ら置いてきて、牧野の方は「ポーションの残数確認と補充」とか言いながら、ちょうど取り上げられていたときだったたらしい。

雪音が〈複製（デュプリケイト）〉した魔道具を一つ取り眺める。

「……〈MP自然回復率上昇（マジックリジェネレーション）〉と、〈空間拡張〉？　え、こっちは〈減重（ウエイトダウン）〉？」

あ、《鑑定》してるのか。〈遅延（スロウ）〉のことしか言ってなかったから。

「〈空間拡張〉で容量増やすと重くなるから、〈減重（ウエイトダウン）〉で軽くしないと。一つの魔石に〈付与〉できなくて三つに分けたんで、あんまり小さいカバンにはつけられないかな」
モンスターランク(MR)の低い素材を使ったカバンでは、魔道具を複数取りつけられなかった。ルーナの背嚢(はいのう)は形はアレだが、そこそこMRの高い魔物素材でつくられていたようで大丈夫だった。祖母の持ち物だったとか言っていたか？

「あ、じゃあ、ワンショルダーみたいなもの、縫(ぬ)ってみる？」

「ジッパーがあればいいんだけど、こっちってトグルボタンがピンバックルよね」

「あ、あるぞ、ジッパー。俺の通学鞄のとズボンのチャックを〈複製(デュプリケイト)〉したやつ」

そう言ってジッパーを〈複製(デュプリケイト)〉して出す。

「……ズボンのチャックはいらないわ」

「……ズボンのチャックは遠慮しておきます」

あ、すみません。雪音と牧野に丁重に断られた。

長めのものがよければ、ジャージのジッパーも使えるか。俺のズボンはダメだが、二人の制服のスカートのジッパーを《コピー》させられた。

その後、雪音と牧野は相談しながら、大きめのヒップバッグを作ることにした。

俺も《裁縫》スキルを習得したおかげで、今までの《錬金術》頼りの作り方ではなく、雪音が示した鞄の展開図をもとに形作ることができるようになっていた。縫(ぬ)うんじゃなくて《錬金術》で引っつけた方が縫(ぬ)い目が解(ほど)けたりしないし、密封性に優(すぐ)れているんだが。

革はワイバーンのものを使った。雪音が縫いあげたものを、俺が《錬金術》で接着して強度を上げつつだ。縫い目という装飾もあり、同じ形でも雪音が作ったものの方が高級感があるというか、俺の作ったものが味気ないというか……

できち上がったバッグに俺が魔道具を取りつけ、マジックバッグに仕上げる。

魔道具を取りつけたのはバッグの部分だけで、サイドにつけたポケットにも〈付与〉できるのだが今は何もしない。

完成したヒップバッグを《コピー》すれば、いくつも作る必要はないので、一つ完成させるだけでオーケーだ。

牧野は背中に剣を背負うため、やや右寄りに装着する。

「本当、その《コピー》スキルってチートすぎだわ」

でき上がったものを試着しながら牧野がそんなことを言ってくる。うん。俺もそう思う。

本来〝俺が望んだ力〟じゃないから、もしかしたら勇真が望んだ力なのかも。あいつも異世界系ラノベや漫画が好きだったもんな。

縫い物ついでに、雪音が買ってきた服を少し仕立て直すと言って作業を続けた。

俺はその横で渡したバックパックの中身以外で欲しいものがないか聞いた。雪音は調味料の追加を挙げながらも手が止まらない。スキルレベルが高いと、話しつつ作業もできるのが職人系スキルだ。俺も《錬金術》を使いながら会話ができている。今まで一人で黙々とやってたから気がつかなかった。

二人に渡した荷物の中に、神様に貰った状態の結界石を入れてある。一辺が三メートルの立方体で結界が八時間張れるやつ。大きくしたものは使用ＭＰが嵩むので、初期バージョンの方がいいだろうと思ったのだ。

ログハウスにも取りつけていたものの、最近はチャチャの《屋敷管理》を使っているから出番はない。まあ、家が大きくなったので、今の結界石じゃ家全体を囲めないしな。

これは、使い方と効果の説明をする必要がある。

「あの神様、案外至れり尽くせりな神様だったのね」

「うん。俺一人突き落とされたからだと思うけど、ある程度生き残れるようにって、非常食も十食分あった」

俺たちが作業する横で牧野が道具を一つ一つ確認しながら、バックパックに詰めていく。

「あの神様、風舞輝が突き落とされたこと気づいてたのね。でも、未然に防ぐことはできなかったのかしら」

「多分、すでに地球圏じゃなかったんじゃないか」

牧野の言葉に、俺はそう返す。落とされた先はすでにこっちの世界だったからな。

『イエス、マスター。スキルや加護は、フェスティリカ神が力の中継を行ったようです』

橋渡ししたみたいな感じかな。そもそも地球にない力だもんな。

「ルーナちゃんたちには渡していないみたいだけど、必要ないの？」

自分たちと比べて、リュックしか持っていないルーナとツナデを、雪音が見比べる。

「んん。ああ、みんなははぐれても、〈眷属召喚〉で呼びもどせるから」

「また便利なスキルを」

牧野が呆れたように言う。

「雪音たちに渡すのも本当の本当に非常用だから。二人をマーキングしたから、少々離れても《アクティブマップ》で探せるし、人目を気にしなかったらゲートを繋いで迎えに行けるし」

〈サーチ〉範囲は平面だと五キロメートル、地下とか地上のように俺と高低差があれば五百メートルまで縮むから、そのあたりは要注意だな。

「私も《マップ》と《サーチ》を持ってるけど、風舞輝ほどの機能はないわ」

牧野が自分のスキルと比較して首を捻る。

『イエス、マスター。奏多嬢は《鑑定》スキルがないためと思われます』

「あー、《鑑定》もないとダメみたい。《マップ》《サーチ》《鑑定》の三つ揃ってないと《アクティブマップ》にならないみたい」

「雪音は《鑑定》を持っていても、他の二つは持っていない。私は《鑑定》が足りないのね」

牧野に《鑑定》の魔術具を作って渡すか。魔道具と違って魔術具を使い続けると、スキルを習得できるから。

他は《火魔法》は習得しているが《光魔法》はなかったよな。

雪音は《下位属性魔法》が使えるので、ランタンやファイヤースターターなんかは必要ないものの、一応非常用だからどちらにも入れてある。

俺が作った灯りの魔道具とコンロの魔道具の使い方も説明しておく。

調理関係の道具は既に持っているみたいだが、ブレードディアの角製の包丁は渡しておこう。

解体ナイフもルーナ用に作ったブレードディアの角製のやつを〈複製(デュプリケイト)〉した。

ブレードディア自体はＭＲ・Ｅだが、角は流す魔力次第で切れ味が上がる。

少ない魔力で硬いものを切ろうとすると、刃が欠けたり折れたりするので、そこは注意がいる。

ティッシュやタオル、一応ポーションも詰めてある。

「そういえば、ポケットティッシュがあるのに、トイレには置いてないのね」

ポケットティッシュをバックパックのサイドポケットに詰めながら、牧野が聞いてきた。

「あー、ティッシュはなあ。最初は使ってたんだけど、あれ、なかなか分解されないっぽいんだよな。トイレットペーパーがわりの植物の方が分解されやすいから」

トイレットペーパーがわりの植物は、水に濡れてしばらくすると繊維が解(ほど)けて、そのあたりに放置しても数日で分解されるらしい。

タレ流せるようにしていたときにティッシュは残っていたのに、あっちの葉っぱは溶けてたんだよな。

「そういえば、この家の排水とか、どうなってるの？」

「えっと、一応汚水と汚物用のタンクがあって〈浄化(ピュリファイ)〉かけてから捨ててる」

牧野と雪音が渋い顔をした。

「そうよね、下水があるわけじゃあないし」

「汲(く)み取るんじゃないだけ、まだ……」

「なんていうか、申し訳ないわね」

まあ、そうだな。でも、壺とかよりいいと思う。

こっちの世界に来て、初めて泊まった宿のトイレは壺だったから。それまでは〝屋外〟だったし。

「雪音様、奏多様。湯張りしておりますので、お食事の前に先にお使いになられてはいかがですか」

俺があれこれ考えてたら、チャチャが二人にお風呂を勧めていた。

午後はほぼもの作りに充(あ)ててしまった。外は茜色(あかねいろ)に染まっている。

ジライヤとツナデは毎日入浴してないし、今もここにいるけど、ルーナは雪音たちに促されてしぶしぶついていったようだ。

「うーん、あと必要なものって……」

日用品というか、野営するときに必要になりそうなものは一通り渡したな。食材は無理なので堅パンと干し肉を入れようと思ったが、これまでも野営はしてきたからそこまでしなくても大丈夫と、牧野に言われた。

でも料理するのは雪音だろ。あ、食材調達はできるか。

他は武具以外で戦闘時に使いそうなもの、ポーションは入れたので、魔道具とか魔術具？

雪音は【治癒スキル】があるので、回復系のスキルを持っていない牧野の方に〈ハイヒール〉と〈キュア〉の魔術具を渡しておくか。

ルーナに同じ効果の魔道具を渡したときは手甲に取りつけたから、ツナデ用の腕輪の方を〈複製(デュプリケイト)〉すればいい。

一つは《回復術》の〈HP大回復(エクストラヒール)〉〈疲労回復(タイアードリカバリー)〉の二種類。

もう一つは《治療術》の〈毒状態治療(キュアポイズン)〉〈麻痺状態治療(キュアパラライズ)〉〈重度怪我治療(エクストラキュア)〉の三種類を〈封印〉した魔術具だ。

ジライヤ用に作った〈混乱状態治療(キュアコンフュージョン)〉と〈石化状態治療(キュアペトリファイ)〉の魔術具もあるけど、こっちの方がいいかな？

牧野は防御系に特化したスキルを持ってるため、こういうのより他の方がいいのかも。

種族レベルやスキルレベルが上がっていくにつれ、怪我(けが)とか負傷する度合いは減っているらしいし。

攻撃に使える魔法もいくつかあるみたいだから、そのあたりは要らないだろうか？

俺が作れる魔道具や魔術具は、スキルレベルの低いものだ。それに、使い慣れないものは戦闘中に咄嗟に使えないし、かえって戦闘の流れを切ってしまい邪魔になるかもしれない。

だから戦闘中よりも、戦闘が終わってから、体調を整えたり休息するときに使えるものにした方がいいと思ったけど……

「こうして悩んでても仕方ないよな。本人に聞いた方が早い。後で聞いてからにしよう」

一通り〈封印〉した魔石を、腕輪に取りつけられるように別で用意して、後で二人に見せよう。

「あ、でも〈念話〉の魔術具って作れるのかな」

〈念話〉と言っているが、本来はテイマースキルの《意思疎通》の効果だ。

《意思疎通》レベル1で主の言葉を従魔が理解し、レベル2で従魔の言葉を主が理解するというものだ。俺は《言語理解》で会話可能だったから、レベル2までは意味がなかったけど。

レベル3になって近距離念話が使えるようになったものの、従魔限定だった。レベル4になって従魔と中距離、念話能力所持者と接触によるものが可能になったんだっけ。

ゴールデンワイルドマッシュに寄生されたエントと、これで会話したんだよな。エントが念話能力を持っていたということだから《念話》スキルは存在するはず。

レベル5で従魔と遠距離念話と念話能力所持者との近距離念話、レベル6で従魔と距離無視念話、位置把握。念話能力所持者と中距離念話。……あれ、もうツナデは分体なしで念話できるじゃん。

俺とオトモズ限定ではあるが。

レベル7で言葉を持たない種ともなんとなく意思疎通ができ、レベル8で念話能力のないものと接触念話、レベル9でようやく念話能力のないものとの近距離念話が可能になる。

　雪音と牧野は念話能力を持ってないから、魔術具を使って念話をするためには《意思疎通》レベル9の〈付与〉が必要になる。

　そんなレベルの〈付与〉ができる魔石はないんだよ。

『イエス、マスター。《意思疎通》レベル4以上の魔道具であれば〝念話能力保持者〟と見做(みな)されるため、高レベルの〈付与〉は必要ないと思われます』

　あ、そっか、そうだよな。じゃあ距離無視は無理だろうから、レベル6の〝保持者との中距離念話〟だったら行けるかな。いや、《意思疎通》の魔術具を作ってスキル習得を目指す方がいいか？

「うん、これも本人たちに確認しよう」

　一旦魔術具作りを終えて、二人が風呂を終えて出てくるのを待とう。


「っていうわけで、どういうのが欲しい？」

「えっと、これ今作ったの？」

　牧野がテーブルの上にずらりと並んだ魔道具と魔術具の中から一つをつまみ上げた。

「今っていうか、前に作ったやつを〈複製(デュプリケイト)〉しただけ。必要なのをこっちの腕輪に嵌(は)めるんだ。ツナデがつけてるやつな」

　ツナデの両腕には、俺が作った魔術具のブレスレットが装着されている。

「一応、つけようと思えば一つの腕輪に魔術具もしくは魔道具を四個まで装着できるけど、咄嗟のときに間違えるといけないから、二個から三個くらいにした方がいいかな」

魔術具は発動させるために魔力を流さなければならない。流すだけでは発動しないが、魔力を流すだけ流して発動させなかったら、せっかく流した魔力は霧散して無駄になる。

魔道具はそれ自体に魔力を溜めておけるから霧散はしない。こういうところも魔術具と魔道具の違いかな。

「なんていうか、至れり尽くせりなのは神様だけじゃなかったみたいね」

二人は、俺が用意したものではなく、別のものを希望した。

「私、上位属性の《木魔法》と《生命魔法》がないから、その魔術具が欲しいな」

雪音は《下位属性魔法ＬＶ４》《氷魔法ＬＶ４》《雷魔法ＬＶ４》《聖属性ＬＶ３》を持っている。上位属性の中で持っていないのが《木魔法》と《生命魔法》か。それを習得できれば、俺と同様にスキルが統合され《全属性魔法》になると思われる。

「多分《生命魔法》はなくても【治癒スキル】があるからいけるかも。俺も《生命魔法》じゃなくって【生命スキル】だけど、一応《全属性魔法》になったんだ」

「じゃあ《木魔法》と《熱魔法》かな？　風舞輝が作ったんでしょう、《熱魔法》？」

いや、確かにそうだが、《熱魔法》はもうこの世界の属性魔法として確立された。そういや上下どの属性になるんだろう？

『イエス、マスター。《熱魔法》は上位属性に分類されています。すでに《上位属性魔法》を習得しているなら、《熱魔法》も使えるようです』

あー。この世界の《上位属性魔法》持ちの人たち、混乱してないといいな。

「私は《聖魔法》の〈浄化(ピュリファイ)〉がいいわ。衣類の汚れも落とせるんでしょ」

牧野の望みはよくわかる。俺も覚えたてのときに、洗濯がわりに服に〈清浄(ピュア)〉や〈浄化(ピュリファイ)〉かけたな。自分に〈清浄(ピュア)〉をかけたこともあったけど、綺麗(きれい)にするなら風呂に入りたかったので、そっちの使い方はしなかった。

ルーナとジライヤに《聖魔法》をかけるのも憚(はばか)られたしな。

それと、チャチャが仲間になってからは、洗濯はチャチャがやってくれるし、家も手に入れたので、そういう使い方はしていない。

そんなこんなで二人は腕輪に二個ずつ魔術具を選んで装着することにした。

雪音は、一つは《木魔法》の〈ウッドランス〉と〈アイビーウィップ〉、もう一つは《サーチ》と《熱魔法》の〈温度指定〉になった。《熱魔法》って、呪文ひとつしかないんだよ。

牧野は、一つは〈浄化(ピュリファイ)〉と〈MP自然回復率上昇(マジックリジェネレーション)〉を選んだ。

そして、もう一つは《風魔法》の《ウインドカッター》と《鑑定》を希望した。

「雪音は《鑑定》を持っているんだけど、私は持ってないの。やっぱり、テンプレスキルは押さえておきたいわ。どちらも魔術具でお願い」

《鑑定》は魔道具でも魔術具でも作ったことがなかった。しかも、魔術具だと高レベルでは作れなかったので、低めのレベル2で〈封印〉した。

《鑑定》レベル2だと、名前とごく短い説明くらいか。

消費MPは、俺の場合《使用MP減少》があるが、二人は持っていないから、俺より消費MPが多くなってしまうのだ。

《使用MP減少》はパッシブスキルなので、〈付与〉も〈封印〉もできないから、魔術具も魔道具も作れないいんだよな。

あと《意思疎通》に関しては二人ともぜひ習得したいから腕輪とは別の魔術具を作ることに。けれど、レベル4の《意思疎通》でも、二人が使うとMPの消費が激しくなる。

俺が相手の場合は、俺の高レベルスキルで補正しているからかそうでもないいんだが、雪音と牧野の二人で〈念話〉を使うと結構消費する。その上、距離が離れるにつれ、さらに消費MPが増えていくみたいだ。

魔術具の方は余裕のあるときに使ってスキル習得を目指し、緊急時用に電池がわりの魔石をつけた魔道具を作った方がよさそうだ。

「使いわけが面倒だけど、その方がいいわね」

牧野も納得したようだ。

「家主様、物作りはそのくらいにされて、そろそろ片づけていただけますか。お食事のご用意ができません」

はい。ごめんなさい、チャチャ様。

第三章　ダンジョン探索

「へ～、ここがダンジョン村かぁ」

「ダンジョン村というよりは、ダンジョン前商店街（モール）という感じかな？」

　俺があたりを見回しそう言うと雪音が訂正した。それを牧野がさらに補足する。

「ダンジョンによっては村や町を作っているところもあるけど、ここはスクーナの町が近いから村とまではなってないのよ。ダンジョンの入り口周辺に、冒険者を相手に商売する人たちが集まってこんな感じになってるらしいわ」

　ダンジョンによっては、入り口周辺が管理されていなくてごっちゃごちゃなところもあるらしいが、ここアドールダンジョンはスクーナの冒険者ギルドが管理しているらしい。

　そのためか、スクーナの町との間に乗合獣車やギルドの定期便もあるとか。探索を終えた冒険者はスクーナまで戻りやすくなっているんだな。

　モールでは、ダンジョンに入る直前にポーションや食料を追加購入というか、買い忘れた不足分を揃えるって感じかな。探索途中で不足したものを購入に戻ることもあるのか？

武器は、投げナイフや矢などの消耗武器を売る店か、武具のメンテナンスを請け負う鍛冶屋的なものはあるが、メインウエポンになりそうなちゃんとしたものを扱う店はあまりない。

また、売るだけではなく、ダンジョンから出てきた冒険者から素材を買い取る店もあるようだ。

あとは食事系の屋台が多いかな。

ダンジョンに向かう道すがら、ちょろっとそんな露店や屋台を覗きつつ進んでいく。

車は置き場に困るので一応なしにして、俺がオロチマルに乗って目的のアドールダンジョンの手前まで移動し、適当な場所でゲートを繋いでみんなを連れてきた。

そこからはジライヤとオロチマルに分乗したが、移動距離は二キロメートルほどのため、本気の走りじゃなくて流す程度でも五分ほどしかかからなかった。

ダークフェンリルに進化したジライヤは、スキルレベルＭＡＸになった《空間起動》のおかげで全く揺れない。

地面を走っているようで、実はちょっと浮いているホバー走行みたいだ。

今のように歩いているときは、普通に足を地面につけているから揺れるけど。

さすがに象並みの大きさでは跨れないから、今まで通り牛並みサイズのマーニ＝ハティになってもらって鞍をつけている。

誰がどっちに乗るかちょっと一悶着あったが、今回もジライヤにルーナ、雪音、牧野が、オロチマルに俺とツナデが乗ることになった。

ダンジョンモールはそこそこ人が多いので、ルーナとツナデ以外は歩いてダンジョンの入り口まで進んだ。

今日は初ダンジョンということで、日帰り予定だから、家はそのままオルニス森林に置いてきた。チャチャは留守番だ。

ここのモール程度の品揃えでは、チャチャの食指は動かないだろうし。

「あ、地図が売ってる。これ、買ってった方がいいんじゃ？」

「地図ならあるわ」

俺が露店の地図屋を見つけて提案するが、すかさず牧野が《アイテムボックス》から丸めた羊皮紙の束を取り出した。

その羊皮紙の束を雪音が受け取り、俺に見えるように広げた。

「基本の地図は、スクーナの冒険者ギルドで売っているの」

「でも、ギルドの地図はメインルートとその周辺の地形だけしか描かれてないわ」

二人は元々アドールダンジョンに来るつもりだったため、三層分の地図を購入していたらしい。

メインルートのみというだけあって、冒険者ギルドで売っている地図は入り口と階層出口（階段や転移陣の場合もある）までの最短路とその周辺を記した地図で、それ以外は自分で描き加えていくものらしく、価格は安い。

アドールダンジョンは迷路型ダンジョンのようで、地図なしでは迷うこともあるし、階層を下に進めば罠もあるんだとか。

ダンジョンモールで売られている地図は罠の位置や種類など、さらに詳しく描かれているもので、当然お値段もその分お高い。ただ中には偽物、というか正しくない地図もあるとのことで、そのあたりはしっかり情報収集して、いい地図を手に入れることも、冒険者に必要な資質っぽい。

「私が《鑑定》、フェブが《サーチ》と《マップ》を持ってるから、自分たちで地図を完成させながら探索すれば安上りだし」

「できるところは節約してたの」

雪音と牧野が教えてくれた。

探索向きのスキルを持っているからというより、金銭的な理由がメインのようだ。でも牧野が以前〝マップは攻略サイト頼りじゃなくって、ある程度自分でやる派〟とか〝フィールドマップは隙間なく埋めたい派〟とか言っていた記憶が……

ゲームの話だけど。

ゲームみたいなスキルや魔法がある世界とはいえ、ゲームじゃないんだから、偽物とまでは行かなくても、正確さに欠ける地図をつかまされるよりは、自分たちで作った方がいいか。

「はい、じゃあ今回は風舞輝がマッパー担当でよろしく」

牧野がそう言ってきたので、雪音がおずおずと地図を差し出してきた。

まあいいか。今回の隊列は牧野とルーナが前衛。中衛が雪音とオロチマル、ツナデ。後衛が俺とジライヤの予定だった。俺とジライヤは後衛というより、後方警戒担当なんだが

俺の《アクティブマップ》は牧野の《サーチ》と《マップ》の上位互換スキルだから、サーチ範囲は段違いに広い。今回だけじゃなく、今後もマッパーは俺が担当してもいいかも。

受け取った地図をショルダーバッグに入れつつ、一旦《インベントリ》に収納する。

そうして進んでいくと、簡易的な柵と門の向こうに遺跡っぽいものが見えてきた。

「あそこがアドールダンジョンの入り口。そこの係員が、ダンジョンに入る冒険者のチェックをしてるの」

雪音が入り口前に作られた門に立つ人を指差す。牧野はダンジョンへ入る条件があることを教えてくれた。

「ここは冒険者だとソロで六級、パーティーだと七級以上が推奨(すいしょう)されているわ」

「コーカルダンジョンより、アドールダンジョンの方が級が高いんだよね」

ニーチェス王国の冒険者ギルドでは、パーティーの級はメンバーの平均値になる。

雪音と牧野とルーナが六級、俺が四級なので、パーティーを組めば五級になるのか。依頼受注はパーティーでも一つ上の級までで、俺たちはその気になれば四級依頼まで受注できる。

今回はまだパーティーを組んでいないため、雪音たちと俺たちの二パーティー合同探索という形だ。

雪音と牧野は、子供のルーナが六級と聞いて驚いていた。

ゴブリンの集落討伐時にルーナの戦う姿を見た副ギルドマスターが、昇級を認めてくれたんだよな。

戦闘能力で言えばもっと上でも大丈夫なんだが。ルーナのレベルって、俺のチートのお裾分け効果だから、普通の十歳前後の子供がここまでレベルが高いってことはない。

二人がコーカルダンジョンへ入る手続きについて説明してくれた。俺はダンジョンに行く予定がなかったから、そのあたりのことは冒険者ギルドで確認してなかった。

冒険者は探索申請書を提出するらしい。俺たちは雪音たちが使っていた申請書――紙じゃなくて板――に、俺とルーナを追加してある。

探索予定日数も必要で、今回は日帰り予定だが、予備日を足すのが普通らしく、二日の予定で申請する。

泊まりになったとしても、ダンジョン内からゲートを繋いで帰れるかなと思っている。

牧野が、ダンジョン内から外へのゲートが使えない可能性を示唆したが、ゴーレムダンジョンでは使えたから心配はしていない。

「そういえば、ダンジョンって冒険者じゃなければ入れないのか？」

「入れるわよ。ただし、何かあっても冒険者ギルドは関与しないわ」

続けて牧野によると、一応帰還予定期日を大幅に超えて戻ってこなかったりすると、探してもらえるらしい。大抵の場合は生存を確認するんじゃなくて、遺品を探すことになる。

ギルドから未帰還冒険者の特徴が公開される。冒険者ギルドではダンジョン探索のついでに、未帰還者の捜索もしくは遺品の回収をするよう推奨(すいしょう)している。

ダンジョンで放置された死体は、モンスターだけでなく人間もダンジョンに吸収されるから、見つかればいい方らしい。あと、冒険者は捜索依頼が出ていなくても、ダンジョン探索中に同業者の遺体を発見した際、遺品の回収は無理でもギルドカードの回収は義務づけられている。

ダンジョンに限らず、遺体を発見すればギルドカードを回収するのが義務じゃなかったっけ？

装備や荷物なんかは発見者にも取り分があるらしい。それだと、荷物目当てで盗賊行為が発生しないのかと思うが、実際あったので、今は魔道具やスキルで犯罪者チェックしてるんだった。管理されたダンジョンでの盗賊行為はないわけじゃないけど、出口が一ヶ所しかないんじゃ、逃げられないもんな。

俺のように出入り口を通らず、魔道具チェックを免(まぬが)れる方法を持ってたりするとわからないかも。

この世界、《空間魔法》や《転移魔法》は習得困難な部類なので、使えるやつは少ないみたいだけど。エバーナ大陸のテルテナ王国では、マジックバッグを作れるやつが一人しかいないみたいな話を耳にした覚えがある。

冒険者以外の場合、冒険者ギルドに捜索する義務はない。捜索依頼が出されれば別だが。

「冒険者以外でダンジョンに来るやつって多いの？」

「多いのは、兵士とか騎士とか貴族とかかしら」

「私たちも最初はスー……あー某国の兵士や騎士と一緒に、レベル上げと戦闘経験を積むために行ったわ」

雪音と牧野によると、最初はスーレリアの兵士しか使わないダンジョンに行ったらしい。そのときは冒険者登録はしていなかったそうだが、そもそも兵士しか使わないダンジョンだったんじゃ、冒険者は関係ないような？

「ダンジョンをどこが管理してるかによるけど、冒険者ギルドの管理ダンジョンは冒険者以外でも入れるわ。国が管理しているダンジョンの方が融通が利かないわね」

牧野が補足した。

『イエス、マスター。ダンジョンの多くは、国か冒険者ギルドが管理しているようです。人間に発見されていないダンジョンもありますが』

そういえば〝女神のダンジョン〟もどこかにあるんだったな。

受付に申請書とギルドカードを提示して、許可を貰う。

「君はテイマーか」

「そうだが」

「従魔の印は……ちゃんとつけているか。しかしダンジョン内ではモンスターと間違えられ、攻撃されることもあるから、単独で先行させたりしないように。倒されても、従魔の場合は〝犯罪〟と確定できないことがあるので」

うちのオトモズはこう見えて高ランクモンスターで、返り討ちにしてしまいそうだから気をつけよう。

「ああ、気をつける」

「「ぷぷっ」」

注意を受けている俺の後ろで、雪音と牧野が笑いを噛み殺していた。

「なんだよ？」

ギルドカードを胸元にしまいながら、二人を見る。

「な、なんでもないの」

「風舞輝、それ、なんのロープレ？」

「あ」

冒険者として舐められないようにと、ぶっきらぼうな喋り方をしていたのを、牧野にロールプレイ扱いされた。いや、確かにロールプレイか。

「い、いいだろ。別に。ほら、入るぞ」

俺たちはアドールダンジョンの門を潜っていく。

ダンジョンの入り口を潜ると、石造りの地下道のような道が延びていた。入ってすぐの壁に、魔道具っぽい灯りがいくつか取りつけられている。

「こういう灯りはダンジョン製？」

薄暗いけど灯りがあって、暗闇ってわけじゃないんだな。

「これは、冒険者ギルドが取りつけているのよ。先に進めばなくなるわ」

牧野が事前に調べていたのだろう、アドールダンジョンの情報を教えてくれた。

「入り口近くにモンスターが現れて外に出てくることがあるらしいから、監視用らしいわ」

そういう用途のための灯りか。

「灯りがなくても、壁がうっすら発光しているダンジョンとかもあるわ。ここもそのタイプだったはず。でも、外から中を見るには暗すぎるんでしょう」

「以前、私とフェブがスーレリアで行った罠(わな)ダンジョンと似た感じだね。コーカルダンジョンは巨大な空間の広がるダンジョンだったから、全然タイプが違うね」

皆小声で話している。本来こういう構造なら音が反響しそうなものだが、そういったことはほとんどなく不思議な感じだ。まあ、それがダンジョンなのかもしれない。

先に進むにつれ、灯りはなくなり、あたりは薄暗くなってきた。牧野が俺作のランタン型魔道具を取り出そうとするが、ツナデが後ろから〈ライト〉の魔法を飛ばした。

「灯りはウチに任しとき。ランタン持つと、手が塞(ふさ)がるやろ」

「ありがとう、ツナデちゃん」

牧野は、ツーハンドソードを狭い場所では取り回しに難があるからと背負っており、ラウンドシールドと槍を持っている両手は塞(ふさ)がっているので、手で持つタイプの灯りは不便だな。盾に取りつけられるような形を考えるか。確かランタンシールドっていうのもあったような。

懐中電灯タイプの魔道具も作ったけど、取りつけるんだったら、探照灯(サーチライト)のように光で一方向を照らせる方がいいのかな。鏡を《コピー》したことで反射板も作れるな。まあ探索を終えてからでいいだろう。今はツナデの《光魔法》があるし。

実は、俺、ルーナ、ジライヤにとって、この程度の暗さは全く問題ない。メンバーの中で灯りが必要なのはツナデとオロチマル、雪音と牧野も暗視的なスキルは持っていない。ツナデは視界確保が必要なときは、何も言わなくとも自分で《光魔法》を使う。オロチマルはその恩恵を受けていたから、わざわざ暗闇対策をしてなかった。

今後は雪音と牧野を含めた運用が必要だな。

ダンジョンに入ってからは、事前に打ち合わせしていた隊列から少し変更した。

先頭を行くルーナの職業は、森狩人(フォレストハンター)。狩人(ハンター)だが、斥候職(スカウト)としてのスキルも持っている。

牧野は盾職で壁役だが、雪音と二人のときは斥候役(スカウト)もこなしていたからか、職業に斥候(スカウト)も持っている。

今回は、斥候役(スカウト)はルーナメインで行く。

俺の《アクティブマップ》があれば警戒は必要ないが、そうすると他のメンバーのスキルが上がらない。

俺自身もせっかく習得した《気配察知》や《追跡者の眼》のレベルが上がってないからな。

午後からは、斥候役を交代してもらうつもりだ。

中衛は、雪音と急遽変更になってジライヤと俺。

雪音のメイン職業は魔法治癒師だが、一人で魔術師と治療師、さらに槍を装備しての槍士の三役をこなしていたらしい。

今回も一応槍を装備しているが、メインは魔法攻撃だ。

俺が渡した魔術具を使って《木魔法》の取得を目指すと言っていた。《全属性魔法》への統合が目的らしい。

俺がジライヤに乗っているのは、しばらくはマッパーを担当するからだ。

歩きながら地図を書くと足下不如意になるから、地図を書き上げるまでの間は乗せてもらうことにした。

最後は、後衛としてオロチマルに乗ったツナデ。

最初は俺とジライヤが後衛の予定だったけど、マッパーをすることになったため、真ん中の予定だったオロチマルとツナデと交代した。

主にツナデが後方警戒を担当だな。でも、俺は地図を完成させるため《アクティブマップ》を可視化してるから、後ろからモンスターが来たら俺の方が先にわかっちゃうので無駄になりそう。

今までマッパー役なんて必要なかったから、隊列なんて考えたこともなかった。

ジライヤの背の上で、牧野が購入した地図の一階分を広げる。かなりの距離をまっすぐに通るメインの道に、左右に分かれる枝道が多数書かれているが、一階層はさほど広くはないのか？　いや、枝道はきちんと描かれていないだけ？　この地図に描き込んでいけばいいかな。

さすがにジライヤの背を机がわりにできるはずもない。羊皮紙を広げられるように、クローゼットの戸板を〈複製（デュプリケイト）〉してロープを通し、即席の画板を作ってみた。

「そういえば、こっちの筆記用具って持ってないな」

外で何か描くことがほぼなかった。筆箱とルーズリーフを通学カバンごと〈複製（デュプリケイト）〉していたから、そればっかり使ってたし。

「つけペンなら持ってるよ」

雪音が貸そうと言ってくれたが、遠慮した。こちらのペンは、インク壺にペン先を浸して使うタイプだ。冒険者登録するときに借りて申請書を書いたし、家を借りる書類にサインしたときも使った。

せめて、万年筆のようにつけペンじゃなければ使いやすいんだろうが。

「油性ペンなら羊皮紙に描けるだろう」

黒の細と極細のツインマーカーを〈複製（デュプリケイト）〉し、羊皮紙の端っこに試し描きをしたら大丈夫だった。

これでマッピング準備はできた。

〈マップ〉の縮尺を地図に合わせ、上からなぞるように描いていく。一応図形優先でモンスターなんかは今は描き込む必要はないだろう。

察知系スキルを持っているルーナと牧野が先頭なので、前から現れるモンスターは結構な距離からでも見つけられるはずだ。てか、全然近くにモンスターがいないんですけど？

来ないうちにさっさと描き上げるか。

俺が追加で描き加えるのは罠や隠し扉とかなんだが、一階層にはどちらもないようだ。購入した地図の未記載部分を追加していく。

「よし、この階層はこんなものかな」

「え、もう描けたの？」

雪音が俺を振り返る。

「一階層はそんなに広くないみたいだし、地図に描き加えるだけだからな」

一から描き起こすのではなく、すでにある地図に描き足しただけだ。購入した地図はさほど齟齬がなく、そこそこ信頼できる地図だったみたいだ。

アドールダンジョンは〈サーチ〉の上下の範囲を広げても、二階層がサーチ範囲に入らない。このダンジョンの階層は、物理的に繋がっているようで繋がっていない不思議仕様と思われる。

画板をしまい、ジライヤから降りて雪音の後ろを歩く。

通路はかなり広く、象サイズのダークフェンリルでも余裕で歩けるのだが、戦闘時はさすがに動きづらいのと狭いのとで、マーニ＝ハティサイズだ。オロチマルも飛ぶのは無理っぽいし、ジャンプも気をつけないと。

マッピングが終わったので、進行方向について相談する。

「下に降りるにはまっすぐ進むみたいだけど、どうする？　この階層は探索せず下に向かう？」

牧野が前方を警戒しつつ答える。

「一階層は他の冒険者に倒されたのか、モンスターもいないし、下に降りましょう」

「そうだね。全然いないみたい」

ルーナも同意した。

ということで、メインストリートを、二階層への階段を目指して進むことに。

ルーナが枝道への手前で一時停止し、先を警戒するが、なんの気配もないのですぐに進み出す。

牧野はルーナが斥候(スカウト)を務める間は《サーチ》を使わないことにしたみたいだ。

俺も口を出さない予定だったんだが……

「この先どころか、かなりの広範囲でモンスターがいない。これ、時間がもったいない気がするんだが」

俺の《アクティブマップ》は、周囲にモンスターがいないことを示している。かなり先に数グループの冒険者の反応がいくつかある。きっと彼らがこのあたりのモンスターを倒したんだろう。

「甘いわね、風舞輝。ダンジョンのモンスターは繁殖で増えるんじゃなくて、ポップするの。いないと思っていても、突然現れることがあるのよ」

牧野が後ろを振り向くことなく告げてきた。さすがダンジョン。そんな不思議仕様なのか。

「ここは、どこでもポップするわけじゃなくて、ポップしやすい場所とか条件があるんだって」

雪音が、冒険者ギルドで聞いたアドールダンジョンのモンスターポップについて説明してくれた。

「このあたりは何にもなさそうだよ、フブキ」

そんな話をしつつも、警戒を怠らず前を行くルーナが周辺を探りながら足を進める。

そして、いくつめかの十字路手前で、ルーナが足を止める。

曲がり角の先を指し示す。

「あそこ、多分〝湧く〟場所っぽい」

「当たり、すごいよルーナちゃん。《鑑定》スキルなしでポップ場所がわかるなんて」

雪音が驚いている。ルーナの指し示した場所を俺も《鑑定》してみた。

＝魔素溜まり　状態・魔力集積中
ダンジョン内の魔力を集めている。一定の魔力が溜まればモンスターが生み出される＝

「ポップ場所というか、〝魔素溜まり〟って《鑑定》に出たぞ。〝一定の魔力が溜まればモンスターが生み出される〟って、どのくらい集まったらポップするんだろう？」

「風舞輝の《鑑定》の方が説明が詳しいのね。私のは〝モンスターが出現する場所〟って説明なんだけど。スキルレベルが違うからかな」

雪音と俺の《鑑定》に関しては、レベルだけじゃなく、俺の《ナビゲーター》の追加効果だろうな。

「同じポップしたモンスターでも、死体が残るタイプと残らないタイプがあって、残らないタイプを指して〝瘴気からモンスターが生まれる〟とか言われてる。でも、いまいちよくわからないのよね。ここのは、瘴気じゃなくて魔力から生まれるんだ」

雪音が他の冒険者から聞いたというダンジョンモンスターの説明を教えてくれるが、うん、瘴気って何？　俺もよくわからねえ。

『イエス、マスター。〝瘴気からモンスターが発生する〟という説は、民間伝承では通説とされていますが、事実ではありません』

「え、そうなの？」

「どうしたの、風舞輝？」

《ナビゲーター》に声を出して返事をしたら、雪音が反応した。

《ナビゲーター》は念話状態なので、うちの眷属には聞こえるが、雪音と牧野には聞こえない。俺は《ナビゲーター》から聞いた説明を、二人にも伝える。

二人はダンジョンに入る前に《意思疎通》の魔術具をつけたが、魔道具の方はつけていない。そして、魔術具はつけていても〝発動〟させなければ意味がない。二人の《意思疎通》の魔術具はイヤリングタイプにしてみたが、大きくてちょっと不恰好だ。

「《意思疎通》の魔術具、使ってみる？」

そう言うと、牧野は首を横に振った。

「この先、戦闘があるでしょうから、今は無駄にMPを消費しないでおくわ」

「そうだね。昨日使えることはわかったし、非常時なら仕方ないけど」

昨日二人でMPを枯渇(こかつ)しそうなほど試していたし、今は必要ないか。

そうこうするうちに、一度もモンスターに遭遇(そうぐう)しないまま、二階層への下り階段へ到達してしまったので、ちょっと休憩(きゅうけい)する。

盾と槍を壁に立てかけ、耳につけた《意思疎通》のイヤリングに触れる牧野。

「これちょっと邪魔かも。耳につけるには大きすぎるわね」

「形は今後の課題だな」

全員近くにいるので、今使うとしたら近距離念話になるか。魔力消費を気にしているが隣にいるからそんなに消費しないかな。休憩(きゅうけい)中に消費したMPは《回復術》の〈MP自然回復率上昇(マジックリジェネレーション)〉か、手っ取り早く〈MPギフト〉で回復させればいい。

「魔力は回復させればいいし、ちょっと使ってみるぞ」

そう言って念話に切り替える。

『あー、雪音、聞こえるか』

『テス、テス、こちらフェブール。オーバー』

雪音を呼んだが、牧野から返事が来た。

『なんだそのエセ無線なセリフは』

「昨日も思ったけど、頭の中で声がするから変な感じ。なんだか慣れないね」

雪音の返事は声に出してだった。慣れないから仕方ない。

今二人が装着しているのは《意思疎通》の魔術具の方だ。魔術具には電池代わりの魔石はつけていない。それでもイヤリングとしては大きくなった。魔石の部分が常に耳に触れているように作ったからな。ぶら下がるタイプにすると、いちいち手で触れる必要があるので、手間を省くための形状だ。

『イエス、マスター。雪音嬢たちの魔術具は、ネックレスやチョーカータイプの方がいいと思われます。宝飾品タイプの方が女性に喜ばれる可能性が高いでしょう』

「今、《ナビゲーター》の声、聞こえた?」

「え、何も聞こえない」

「私も聞こえていないわ」

雪音も牧野もダメのようだ。

『イエス、マスター。私の言葉がルーナたちに聞こえるのは、眷属としての繋がりによるものです』

《ナビゲーター》自体は念話じゃないからか。《意思疎通》による〈念話〉では、雪音たちに《ナビゲーター》の声は聞こえないのか。

「風舞輝からの念話だとMPの消費は少なく済んでも、〝今から念話する〟って魔術具を使うことを意識しないといけないのが、ちょっと面倒ね」

「まあ、スキルを習得するまでのことだから」

ほんと早く習得して魔術具なしにしないと。魔術具は難しいな。魔道具ならいくらでも電池の魔石をくっつければいいんだけど。

俺たちがそんなやりとりをしている間に、ルーナとツナデが自分のリュックからペットボトルを取り出し、水分補給をしていた。

魔術具のお試しは終了で、他のみんなも水分補給を始める。

雪音と牧野も、ペットボトルに好きな飲みものを入れている。

《錬金術》で形やサイズ、容器の厚さなども変えられるので、ペットボトルに元がお茶の容器だった面影はない。カバンに入れやすいように四角形とかのも作った。

ルーナとツナデのリュックはマジックバッグ化してあり、百ミリリットルサイズのペットボトルを中身違いで三種類ずつ用意している。

牧野はなんちゃって経口補水液にレイモン風味をつけたものが気に入ったようだ。雪音の方はハチミツラモネに少し塩を足したものをリュックに詰めている。

俺は冷エント茶だ。エント茶には活力回復効果があるので、一応全員に渡してある。

活力回復は〈疲労回復(タイアードリカバリー)〉の肉体疲労回復効果に、プラス精神疲労回復の効果もあるのだ。まあ、ポーションや魔法並みに強力なものではない。俺はただ単に緑茶好きなだけだ。

どれもチャチャに希望を伝えれば用意してくれる。スーパー執事精霊(バトラーブラウニー)におまかせなのだ。

「普段ならトイレの回数が増えるから、あんまり水分取らないんだけど」

「あ、ユーニ、ダンジョンってトイレってどうするの？」

特に考えてなかったが、どうなんだろう。

「死体が吸収されるってことは、排泄物(はいせつぶつ)も放置してると吸収される？」

でも、吸収されるまでそのあたりに散乱してるの？　そんなダンジョンはいやだな。

「まあそうだけど、今までは女子二人だったから、風舞輝と一緒だということを失念していたわ」

牧野が顔を顰(しか)める。

「え、風舞輝がゲートで家に戻してくれるんじゃあ……」

雪音はトイレのたびに家に戻るつもりだったようだ。

「え、そんなに頻繁(ひんぱん)に戻るつもりだったの？」

牧野が雪音の言葉に驚いている。なんだか意外だ。二人はそういったことも話し合っていると思っていた。俺はといえば、トイレに関して女子と会話にするもんじゃないと、無意識下に避けてしまっていたかも。俺たちだって旅の間はその辺で済ませてるしなあ。ちゃんと穴掘って埋(う)めてるよ。

「ま、まあ今日はそういうことで。そういや、モンスターの排泄物(はいせつぶつ)とかも落ちてたりするのかな」

『イエス、マスター。ここのダンジョンモンスターは全て魔素、魔力から生み出されているため、生まれてからしばらくは排泄(はいせつ)を行わないと思われます。また死体が残らないものと同様、血液などの体液や、切除された部位なども、ダンジョン側が魔力として回収するシステムを組んでいれば、排泄物と同様に痕跡は見当たらないでしょう』

「ダンジョン側？　それは、ダンジョンに意思というか自我があるってこと？」

俺が《ナビゲーター》への返事を口に出したことで、牧野と雪音がこちらを見る。

『イエス、マスター。マスターの認識で言うところの〝ダンジョンマスター〟に相当する、ダンジョンの管理者は存在します』

「いるんだ、ダンジョンマスター」

「いるわよ、ダンジョンマスター。今さら何を言っているのかしら」

俺と同じくゲーマーな牧野は、ダンジョンマスターの存在にワクワクすることもなく、そんなの常識とばかりに言った。うん、俺にはダンジョン情報皆無だったから。

そっか、いるんだ、ダンジョンマスター。

「ダンジョンマスターがモンスターを生み出してるのか。ダンジョン限定の神様みたいなものか？」

『規模の違いはあれど、モンスターを生み出す能力に相当するものは、マスターもツナデも持っておりますが』

「え、俺たちも持ってるの？」

マジ？

雪音と牧野が意味がわからず、説明を求める視線を向けてきた。うーん、やっぱり《ナビゲーター》との会話が聞こえないのは不便。

というか、ルーナとツナデは何を今さらとでも言いたげに、オランジュ水を飲んでいる。

『イエス、マスター。モンスターではありませんが、マスターのスキル《コピー》や《錬金術》は魔力で物質を創るスキルです。《分身》や《分体》は完全に生物としての機能を持って存在しますが、不要になれば魔素に還元されます』

言われてみれば。俺の《コピー》はMPを消費して元になるものと同じ物質を作り出している。

今まで作り出したものとコピー元との違いなんて感じたことはない。唯一、家を《コピー》したときにチャチャが〝俺の家〟と指摘したくらいか。俺たちはわからない何かが精霊にはわかるとか？

生物は作れないというか、生きたものを《コピー》したことなかったけど、もしかして創れる？

『現状《コピー》では生物というより、魂の複製が不可能ですから、無理です。けれどマスターの《分身》は魂を分けていますので、ダンジョンの《モンスター生成》に近いと言えるかもしれません。ただ《モンスター生成》時には〝擬魂(ぎこん)〟を用いるため、実際の生物とは異なります』

俺の《分身》は魂を分けている形だから、スキルレベルが低下するのか。《合身》した後は、スキルレベルは元に戻るが、使用したMPが戻らないのは、分身の身体を作るのに使ったからか？

『どちらかといえば、ツナデの《分体》の方がより《モンスター生成》に近いスキルですね』

「ウチの《分体》もまあ、モンスターちゅうたらそうやな」

《分身》も《分体》も倒されたことがないが、その場に死体を残すことも消すこともできるのだろう。そう考えれば、ダンジョンのモンスターが死体を残すかどうかは、ダンジョン側が選んでいるのか。消すというのは魔素に戻すことで、そうすると肉体を形成していた魔素は散ってしまう。ダンジョンの場合、内部では散らずに再吸収できるので、回収を優先しているということか。でも、放置しても最終的にはダンジョンに回収されるんだったか。つまり、死体が残らないダンジョンは魔素の回収を急いでいるってことか。

「魔力でなんでも作り出せる世界か。なんかすごいな、異世界」

「普通は必要とするＭＰが大量すぎて、なんでもは無理だと思うわ」

俺の独り言に牧野が答え、雪音も追従する。

「うん、風舞輝はＭＰお化けだもん。あ、ＨＰもだ」

「とはいえ、いくらＨＰお化けでも、首を落とされれば関係ないわ」

牧野が物騒なことを言い出した。

「なにそれ、怖いんだけど」

雪音たちは召喚直後の勉強で、即死攻撃（首を切り落とされるなど）では、いくらＨＰが残っていても一気に０になると教わったらしい。じわじわ減るんじゃないのだ。

「《蘇生魔法》もあるらしいけど、成功率は低いらしいし、使える人なんて国に一人いるかいないからしいよ。私も治癒スキルで《蘇生》があるものの、人に使ったことはないし、モンスター相手で試したことはあっても、成功しなかった。多分気持ちの問題もあるんだと思う。モンスターを本気で生き返らせたいと思えないから」

というのが雪音自身の見解。

雪音の《蘇生》と俺の《蘇生術》は、どちらもこの世界の《蘇生魔法》とはちょっと違う。

俺の《蘇生術》なんて、心停止後五分以内なら心臓を再起動できる〈心肺蘇生(レスキューション)〉に、仮死状態限定の〈仮死回復(アナビオシス)〉、そして、治療や《メディカルポッド》を使うために、対象を仮死状態にする〈仮死(アペレントデス)〉だ。

レベルが低いせいもあるけど、ゲームでよくある〝蘇生〟というより、救命救急処置っぽいんだよな。

俺の《蘇生術》には治療効果がないので、致死に至った原因がそのままだと結局復活しないというか、蘇生してもすぐに死んでしまう。

どちらかといえば、雪音の《蘇生》の方が、ゲームや物語の蘇生魔法に近いのではないだろうか。

いやでも、雪音は俺や牧野ほどファンタジーに馴染(なじ)んでないよな。

俺の勝手な想像だが、異世界人の【ユニークスキル】って、本人のイメージするところが多分に加味されている気がする。

「そろそろ休憩(きゅうけい)終わる？」

ルーナがツナデとともに、空(から)になったペットボトルを俺に渡してきた。俺がゴミ回収役なのだ。《インベントリ》がゴミ箱扱いな件。ま、今さらだな。洗濯やお風呂の排水とかも一時的に入れてたし。

「そうね。ここからだと、どれくらいで三階層への下り階段に到着するかしら」

牧野が俺が広げた地図を覗き込む。

「直線距離だと一キロメートルもないけど、二階層の道は結構曲がりくねってるな。ちょっと待って。先に地図を完成させるわ」

そう言って二階層へ降りると、さっさと地図を描き上げる。

一階層と違って、二階層は三階層への階段までの道は一つではなかった。その中から最短コースを選んで進むことにした。

ダンジョンの三階層までは、MRの低いモンスターしか出ないようだ。

二階層に降りて、ようやくモンスターとエンカウントした。警戒しながら進むルーナは、モンスターがこちらに気づく前に屠っている。お得意の《雷魔法》を使うまでもなく、ナイフ一閃で終わる。

洞窟のようなダンジョンで《雷魔法》を使うと、反響がかなりの範囲に届いてしまうので、あまりよくないのだ。

二階層では懐かしのホーンラビットに、俺は初遭遇だが雪音たちは戦闘したことがあるケイブバットやロックワームが出た。どれもMR・Gのモンスターなので、俺たちに経験値は入らない。

だから、牧野と雪音に優先して倒してもらうことにした。

ルーナから不満が出ると思ったが、ダンジョンを索敵しモンスターに気づかれないように行動するのがそれなりに楽しいようだ。

オロチマルはみんなとただ歩いているだけで楽しいみたいだ。

一番退屈そうなのはツナデかな。

「灯りしか出番ないんやけど」

少し先の天井にケイブバットが三匹。俺たちは経験値にならないので雪音に譲る。

「じゃあ《木魔法》を使うね」

雪音が魔術具を使って〈ウッドランス〉を発動させる。今のところ俺の使える魔法でしか魔術具を作れないから、俺は魔術具を使う意味がない。使い心地ってどうだろう？

雪音の前に一本の槍というより木の枝が現れる。俺やツナデの〈ウッドランス〉も似たような形だが、目の前に滞空することはなかったな。

まず槍を出して、それを投射するという二つの動作をイメージしたってことか。

『イエス、マスター。熟練度の低い雪音嬢は、槍の創造と発射を別でイメージしていると思われます』

ひゅんっと風切り音がしたと思ったら、ウッドランスは一撃で三匹を貫く。一直線上で狙えるコースを探した？　器用だな。

ただ一匹だけは羽にかすっただけで、落ちてバタバタともがいている。

「フッ！」

そこへ、牧野が槍を突き出した。

パタリと動きを止めたケイブバットだが、しばらくすると羽と魔石を残して消えた。

「お。魔石以外がドロップしたのって初めてだ」

「部位破壊すると、そこの部位がドロップしやすいらしいから、今のユーニの魔法攻撃が部位破壊になったんじゃない」

あー、ここまでルーナは一撃滅殺だったから、魔石しかドロップしなかったのか。

「とはいえ、ケイブバットの羽の買取価格なんて、果実水一杯分にもならないわ」

と言いつつ、そんな羽でも牧野はちゃんと拾って腰のポーチに入れようとして……ポーチがないことにハッとする。

「もう、いやだわ。ポーチを取り上げられてから随分経つのに、たまにやっちゃうのよね」

「じゃあ、ドロップ回収用のポーチでも作るか」

俺が羽を預かろうと、手を差し出しながらそう言ってみる。

「そうね。私やユーニの《アイテムボックス》は個別収納してるとすぐいっぱいになるし」

「今まではどうしてたんだ？」

俺の言葉に、雪音が《アイテムボックス》からボロい背嚢……本当にボロくて薄汚れているやつを取り出して見せてくれた。

「素材専用の袋に詰めていたよ。これは動物系の素材用」

ダンジョン以外でも使っていたせいか、血やらなんやらで汚れており、そこはかとなく臭う。

「まめに洗ってはいるんだけど、水洗いじゃ限度があるの」

本人もあんまり長く持っていたくないのか、空のボロい背嚢を身体から遠ざけるように持つ。

「雪、えーっと、ユーニも《聖属性魔法》使えるんだよな？　〈清浄(ピュア)〉」

雪音の持つボロい袋が淡い光に包まれる。

「〝汚れ〟は〝穢れ(けが)〟と判断されるみたいで、〈清浄(ピュア)〉や〈浄化(ピュリファイ)〉で落ちるって言ったよな。染めたものは色落ちするから、そのつもりでやらないといけないが」

「それはわかっているけど、ダンジョン探索中にそういう魔法の使い方できるのって、ＭＰお化けの風舞輝だからだよ」

「戦闘が続くかもしれないダンジョンでは、無駄なＭＰの使用は控えるものよ」

雪音の言葉に賛同する牧野。牧野は〈浄化(ピュリファイ)〉の魔道具を欲しがったのにと思ったが、そういう理由で、探索中はよっぽどのときにしか使う気がなかったようだ。ま、そりゃあそうか。

一旦《インベントリ》にしまったケイブバットの羽を雪音に差し出す。雪音は綺麗(きれい)になった背嚢(はいのう)に入れた。

二階層では、一階層よりも他の冒険者の気配が近くにあった。一階層はほぼモンスターがいなかったから、皆二階層以降に進んでいるんだろう。俺たちはできるだけ他の冒険者と接触しないで済む道を選ぶ。

門番が言っていたように、ジライヤたちがダンジョンモンスターと間違えて攻撃されたら、返り討ちにしてしまいそうだから。

特に戦闘中の集団には近づかず、そうでない集団には、あえて音を鳴らして存在をアピールしてから接近する。そこまでしてもジライヤたちに驚かれるけど。

従魔を倒されても相手に犯罪歴はつかないと言われたが、返り討ちにしてしまったら、こっちにはつくかもしれないからな。

こんな浅い階層にいる冒険者なんて、ジライヤにかかったらイチコロだろう。

そうして多少回り道をして、下り階段に到達した。

三階層に降りたあたりで、昼休憩をとることにする。せっかく本格的なダンジョン探索なんだからログハウスには戻らず、ダンジョン内で休憩をとることにした。

階段を下りると、まずは地図の完成を目指す。

アドールダンジョンには、安全地帯的なものはないらしい。ただ、俺の神様謹製ほどの効果はないが、巷には結界の魔道具とか魔物よけの魔道具はあるという。お高いそうだが。安く済ませるなら臭い系でモンスターを遠ざけるポーションとかお香とか、とにかくさまざまなものが出回っているんだとか。

必要なかったから、そういうのに目を留めたことがなかったよ。

俺たちはモンスターがポップしなそうな袋小路を選び、結界石を設置。さらにツナデが《木魔法》で蔓の壁を作って目隠しをした。

石の壁に植物の壁は違和感があるが、ストーンウォールだと密封してしまいそうなんで。

「よっと」

テーブルと椅子代わりの丸太を取り出す。これは、どこかで家を出すときに邪魔になるからと、伐採したやつ。薪にできるだろうと収納していたが、まさかダンジョンで使うことになるとは。

テーブルセットを出すよりはいいと思ったが、そうでもなかった。

「テーブルセットもおかしいけど、こんな石の洞窟風ダンジョンで丸太ものすごく不自然だよ、風舞輝」

「一人でここまで無事に来られたのが不思議なくらい、常識がズレてるのはなぜかしら」

雪音と牧野それぞれにそう言われたが、一人だったからじゃないかな。ルーナもいたが、子供化してからはアドバイスとか助言とかなかったし。

せっかく出したので縦に三分の一くらいのところでカットして、椅子とテーブルになるようにした。しかしぐらつくので、テーブルの方は底になる方もカットする。本当にブレードディアの角は魔力を流すと、綺麗に切れるよ。蒲鉾を板から切り離すみたいに。

「そうそれ。その切れ味出そうと思ったら、かなりのＭＰがいるわ」

牧野が予備に渡したククリで鋭角な部分の端を削ろうとして、数センチのところでひっかかっていた。

『イエス、マスター。ブレードディアはEランクモンスターです。ブレードディア自身でもマスターほどの切れ味は出せないでしょう』

あー、切るときのＭＰなんて気にしてなかったから、わからなかった。ＭＰ量に関しては今さらだし。

「ま、とりあえず椅子とテーブルができたんだから。お昼はチャチャが持たせてくれたお弁当だ」

お弁当といえば、いつもの籐籠(とうかご)に入っている。

「洋風と和風があるぞ」

「私は和風」

中身を確認せずに牧野が即答する。

和風は炊き込みご飯のおにぎりに、角煮風のお肉とディーコンの味噌(みそ)田楽風なおかず。

洋風はピタパンにピリ辛な味付けをした唐揚げと温野菜を挟んだものだ。

ちなみに蒸(む)し料理は雪音がチャチャに教えたらしい。チャチャは〝蒸籠(せいろ)で蒸(む)す〟調理法は知らなかったようだ。

「じゃあ、私は洋風を貰(もら)おうかな」

雪音はピタパンの方。

「私も」

「ウチも」

ルーナとツナデもピタパンにした。じゃあ、俺はおにぎりにするか。

ジライヤとオロチマルにも肉と水を用意する。

「「「「いただきます」」」」

食事をほぼ済ませた頃、《ナビゲーター》からお知らせがきた。

『マスター。三人の冒険者が徐々に近づいてきているようです。次の分岐を右に進めば間違いなくこちらに来ます』

口の中のものを呑み込んだら、思っていたより大きな〝ごくん〟という嚥下音がなった。そのせいか、雪音が俺を見る。

「なんか、冒険者がこっちに来るみたい」

牧野が数回目を瞬かせる。

「そうなの？　休憩目的かしら」

牧野は午前中は《サーチ》の使用を控えていたが、俺が〝魔力を回復させる〟と言ってからは連発したようだ。さっき《サーチ》レベルが4に上がったと言っていた。《マップ》もレベル4だったが、《鑑定》を持っていないから、俺のようにマップ上から《鑑定》はできない。

サーチ対象も、動物、植物、人間、魔物という感じの種族くらいしか判別できないのだとか。俺がやっている〝悪意の有無〟とか〝倒したことのある魔物〟とかの設定は、《鑑定》があったからというのもそうだが、《ナビゲーター》ありきの能力だったみたいだな。

「ここは行き止まりだから、私たちと同じように休憩するつもりなのかな」

雪音が食事の後片づけをしながら言うと、牧野が首を傾げる。

「行き止まりで休憩って、よっぽど強さに自信がないわ。だって逃げ場がないもの」

普通、休憩は安全地帯でない限り、見通しのいい、最低でも二方向に道があるところを選ぶらしい。特に階段の近くで休憩することが多いという。なぜなら、階層を移動して逃げることができるからだ。

「えー、それならそう言ってくれよ。まき――フェブール」

うーん、呼びなれない。

「何言ってるの。あなたがいれば、いつでもどこでもゲートで逃げられるんだから、関係ないでしょう」

「そうだね。それに、ジライヤちゃんたちがいれば、このあたりのモンスターなんて一撃だし」

うん、MR・Cくらいなら一撃、Bでも二撃くらいかな。

牧野も雪音も、俺を常識知らずみたいに言いながら、しっかり乗っかってるじゃん。

テーブルと椅子にしていた丸太を《インベントリ》に収納し、ルーナがジライヤたちの器を回収してきたので、それも収納する。

「フブキ、この目隠し、どないするん?」

ツナデが自分が作った蔓のパーティションを指差す。

「片づけちゃって」

「よっしゃ」

ツナデが手を伸ばすと、蔓のパーティションがあっという間にしおしおにしなびていく。

それを、ルーナたちが回収してまとめる。薪がわりに使えるというのもあるが、他の冒険者に不審に思われるようなものは残さない方がいい。

牧野が周りを見回し、何も残っていないことを確認した。全員出発準備が整った時点で、冒険者たちは通路の角を窺っているところだった。

俺は今気がついたふりをして、ククリを抜刀し構える。だがなかなか出てこない。あ、ジライヤたちにビビってる？

見れば、ジライヤは前傾姿勢で、いつでも飛びかかる準備ができていた。

「そこにいる奴、顔を出したらどうだ」

俺が冒険者に声をかけると、ジライヤがガウッと小さく唸る。

「ま、待ってくれ。そのデカイのと戦闘中——ってんじゃあ……なさそうだな」

あ、俺たちがモンスターと戦闘中かと思ったのか。

「俺はテイマーで、こいつらは俺の従魔だ。おかしな真似をすれば……」

「いやいや、そんな気はないぞ、なあ？」

「ああ、俺たちは休憩場所を探していただけだ」

先頭の男に続き、残りの二人も敵意はないとばかりに両手を上げて、姿を現した。

牧野も盾を構え、雪音も槍を握ってる。

「あ、ああ。お邪魔じゃなければ——」

「私たちはもう行くから、ここを使うつもりだったらどうぞ」

先頭の男の言葉にかぶせ気味で言いつつ、牧野が前へ進む。牧野、ルーナ、オロチマルとツナデ、雪音、俺、ジライヤの順で進んでいくと、すれ違いざまに三人の冒険者は壁にへばりついた。

「なんだよあれ」

「このあたりのモンスターなんて比じゃねえぞ」

「見かけねえ冒険者だったが……」

そんな三人のつぶやきが後ろから聞こえてきた。

無視して探索を再開するけどな。


三階層以降はＭＲ・Ｆのブラックマウス、シャドウキャット、ロックセンチピードが出た。

ルーナ以外も戦闘に参加させるため、中衛からオロチマルとツナデが魔法攻撃ができるかやってみた。今の前衛は俺だから。

「うおっと」

スレスレのところを掠めるように飛んでいくオロチマルの〈風切り羽〉を、上体を仰け反らせて避ける。

うん。前衛がいる場合、オロチマルに後方から魔法攻撃をさせない方がいいとわかった。ツナデのように精密操作ができないため、こういう狭い場所ではフレンドリーファイアが怖すぎる。

たまに、バックアタックになりそうな位置にモンスターがいることもあるのだが、向こうが俺たちに気づく前に最後尾のジライヤがサクッと倒して魔石を持ち帰ってくる。

うーん一撃すぎてドロップが魔石しか出ない。しかもＭＲ・Ｆなので、経験値なし。雪音たちのレベルアップの経験値になってもらおう。

雪音は虫嫌いなのに、虫系のロックセンチピード相手に頑張って……

「〈ウッドランス〉〈ウッドランス〉〈ウッドランスゥウ〉」

苦手だから、遠距離からの魔法攻撃連発だった。

四階層でようやくＭＲ・Ｅのケイブスパイダー、ケイブアント、マシースネークが出た。やっと俺たちにも経験値が入った。

微々たるものだが、それでもオロチマルがレベルアップした。

五階層へと進んでいけば、もう少し強いモンスターが出るかと思ったが、そうでもなかった。

その日、雪音と牧野も種族レベルが上がり、雪音は《木魔法》を習得できた。《木魔法》を使いまくっていたというか、《木魔法》しか使ってなかったからな。

帰りはゲートを使うかどうか相談したが、たいして強いモンスターが出るわけでもないし、地図も完成しているので、普通に引き返すことにした。

六階層に到達した時点で探索を切り上げ、階段まで最短コースを歩いて、場所によっては走って出口に向かった。

おかしな話だよな。トイレで二度ほど家にゲートで戻ったんだけど、帰りは徒歩でなんだ。
手に入れた素材は級の低い魔石ばかりだし、多少安くてもダンジョンモールの買い取り所で売っぱらった。

「たいした金額にはならないな」

「嫌だわ、こんなところに金満（きんまん）野郎がいるわ」

「私たちからすれば普段より多いのに。あ、でも七人として考えたら少ないのかな」

牧野、聞こえるように言ってるよね。雪音のフォロー（？）が切ないな。

そうして初めてのダンジョン探索は終わったのだった。

一日で六階層まで降りたことは、上等な部類のようだ。

「アドールダンジョンは風舞輝たちにとっては、ランクが低すぎるんだと思う」

牧野によると、三つあるダンジョンで難易度が一番低いのがコーカルダンジョン、ついでアドールダンジョンらしい。

次の日、俺と雪音はダンジョン探索はやめて、物作りをすることにした。

牧野は、ルーナとツナデとオロチマルとジライヤを連れて、ダンジョンに行った。

とはいえ、テイマーなしで従魔を行かせられる場所ではないので、俺の分身体——ゲートで帰ってこられるよう《空間魔法》だけレベルを上げて、他のスキルはオールレベル1——が同行している。

パラメーター的にそこまで低くはないから、アドールダンジョンくらいなら問題ないだろう。ジライヤたちもいるし、分身体の出番はないと思う。

昨日のように出口に引き返すのも邪魔くさいので、三日の探索で申請しておいた。牧野がな。

雪音は今、素材用の袋を新しく作っている。背嚢(はいのう)ではなくポーチだ。昨日牧野が素材回収時に見せた動作が原因だ。というか、効率よくやるにはポーチの方がいい。

完成した後はポーチを俺がマジックバッグ化する予定。雪音は全員分作ると頑張(がんば)っているが、一つ作ったら、後は《コピー》すれば手間がないのに。

「同じものじゃ味気(あじけ)ないでしょう?」

そういうものなのか。女子的にファッションにこだわりがあるのかも。

「まあ、そうだな」

俺の方はというと《意思疎通》の魔術具の改良と、他にも何か作ろうかと思う。

「雪音はダンジョンに行かなくてよかったのか? 牧野とのレベル差が開いていくぞ。俺たちは三階層までのモンスターを倒しても経験値が入らないからどっちでもいいけど」

ちょうどポーチが一つ仕上がったようで、雪音が糸を切り、顔を上げる。

「次の探索では譲ってくれるっていうから」

雪音は昨日のダンジョン探索で種族レベル29に、牧野は34になったそうだ。牧野は今日は種族レベルアップより、スキルレベルアップを目指すんだとか。

名前・ユキネ＝ササハシ　年齢・16歳　種族・異世界人
レベル・29　職業・魔法治癒師(マジックヒーラー)、修復師、料理人、冒険者
【加護スキル】《アイテムボックスＬＶ3》《パラメーター加算ＬＶ2》
【称号スキル】《言語理解ＬＶ3》
【職業スキル】《修復ＬＶ3》《調理指導ＬＶ2》
【治癒スキル】《回復ＬＶ7》《治療ＬＶ5》《蘇生ＬＶ1》
【補助スキル】《鑑定ＬＶ4》《的中ＬＶ2》
【技工スキル】《裁縫ＬＶ6》《家事ＬＶ7》《解体ＬＶ3》
【武術スキル】《槍術ＬＶ4》《杖術ＬＶ3》《短剣術ＬＶ3》《弓術ＬＶ2》
【魔法スキル】《全属性魔法ＬＶ5》《魔力感知ＬＶ5》《魔力操作ＬＶ5》
【ユニークスキル】《癒(いや)しの力ＬＶ2》
【加護】《異世界神の加護》
【称号】《異世界より召喚されし者》

雪音は昨日《木魔法》を取得して《上位属性》の《生命魔法》以外を取得した。

俺の【生命スキル】と同じく【治癒スキル】が《生命魔法》の代わりをしているようだ。で、元々

持っていた《下位属性魔法》の地風火水光闇と《上位属性魔法》氷雷木聖命が揃ったことで《全属性魔法》に統合されたのだ。

《全属性魔法》を取得すると《熱魔法》も使えるから、喜んでいた。

次に欲しい魔法は《時間魔法》や《空間魔法》らしい。ただ、この二つと《重力魔法》はＭＰ消費が激しい。

不要になった《木魔法》と《熱魔法》の魔術具のかわりに《空間魔法》レベル１の〈空間指定〉とレベル２の〈空間固定〉の魔術具は昨日の内に作った。

スキルを取得するには、魔道具ではなく魔術具の方がいいのだ。ただ〈空間指定〉の使用ＭＰが10なのに、〈空間固定〉はＭＰ１００００も使うんだよな。このいきなりインフレはなんだろうか？

雪音はパラメーター加算して総ＭＰ５０００ほど、牧野の方が総ＭＰ３０００ちょい。どちらも現状使えない。

俺のＨＰとＭＰがどれだけ壊れ性能か、今さらに自覚した。

牧野の方は種族レベル30の節目を超えているから、雪音より【加護スキル】のレベルが上だ。

ただ、レベルが上でも習得している魔法が少ない。

この世界の魔法の威力は、同じ魔法レベルでもパラメーターによって差が出る。魔法は精神力（ＭＮＤ）と知力（ＩＮＴ）が関係するんだが、牧野は俺や雪音どころか、ルーナやオロチマルを含め、全メンバー中ワースト１だった。その分、同レベルだった頃の俺より筋力（ＳＴＲ）と防御力（ＤＥＦ）が高い、完全脳筋ステータスだった。

本人は《鑑定》以外では《聖魔法》が欲しいと言っていたので、すでに〈浄化（ピュリファイ）〉の魔術具は渡してある。今日はそれで習得を目指すらしい。

名前・カナタ＝マキノ　年齢・17歳　種族・異世界人
レベル・35　職業・守護者（ガーディアン）、斥候（スカウト）、冒険者
【加護スキル】《アイテムボックスＬＶ４》《パラメーター加算ＬＶ３》
【称号スキル】《言語理解ＬＶ３》
【職業スキル】《身代わりＬＶ３》《気配察知ＬＶ５》《気配隠蔽ＬＶ４》《罠（わな）感知ＬＶ２》
【防御スキル】《物理防御ＬＶ７》《魔法防御ＬＶ５》《隔離ＬＶ３》
【補助スキル】《不動ＬＶ４》《挑発ＬＶ５》《マップＬＶ４》《サーチＬＶ４》《瞬脚ＬＶ２》
【技工スキル】《清掃ＬＶ４》《解体ＬＶ５》
【武術スキル】《剣術ＬＶ６》《槍術ＬＶ４》《盾術ＬＶ６》《格闘術ＬＶ３》《投擲（とうてき）術ＬＶ３》
【魔法スキル】《火魔法ＬＶ３》《地魔法ＬＶ３》《水魔法ＬＶ２》《魔力操作ＬＶ２》
【耐性スキル】《物理耐性ＬＶ５》《魔法耐性ＬＶ４》
【ユニークスキル】《鉄壁の防御ＬＶ３》
【加護】《異世界神の加護》
【称号】《異世界より召喚されし者》

昨日のダンジョン探索では《槍術》と《サーチ》のレベルが上がったそうだ。今日は《聖魔法》の習得が第一だが、余裕があれば《鑑定》の習得を目指すらしい。

あとは《下位属性魔法》の習得に向けて、魔法のレベル上げをするそうだ。とはいえ風光闇と三属性も足らないのでまだまだ先になりそう。

牧野には以前俺が作ったマジックポーションを使うよう勧めた。それを入れている《インベントリ》は、分身体と中身が共通だから、早速減っているのをさっき確認した。

あれ、あんまり美味しくないというか、青汁っぽい味するんだよ。あんなのがぶ飲みしてダンジョン探索やりたくはないな。

下位属性を揃えても、各魔法のレベルが低いと統合されないと、《ナビゲーター》が言っていたからまずいポーション飲んででも頑張るらしい。

牧野が持っていない風以外の光と闇の二属性の魔術具は今作成中だ。

『レベルが上がりました』

「あ」

レベルアップコールがきたので、ギルドカードを取り出して裏を見る。

「どうしたの、風舞輝？」

不意にギルドカードを取り出したことで、雪音が訝しむ。

「今俺のレベルが上がったんだ。えっとマシースネークにケイブアント。昨日四階層で遭遇したモンスターか」

「自分で戦わないで経験値取得って、なんだかずるい」

「うーん、そこはテイマーだし？　雪音もテイムできるように魔術具作ろうか？」

「欲しいけど、欲しくはあるけど、でもモヤッとする～」

何か葛藤があるようだ。

「ブリーダーじゃ、《取得経験値シェア》はつかないんだったかな」

『イエス、マスター。テイマーであっても、距離が離れすぎれば《取得経験値シェア》は起こりません。ルーナたちはマスターの〝眷属〟なので、距離は考慮されません』

何十キロどころか、百キロ単位で離れていても大丈夫な眷属システムだった。


「よし、こんなものか」

いろいろ作った魔道具や魔術具をテーブルの上に並べる。

「まずは灯りの魔道具。サーチライト型」

光を一方向へ射出できるよう、鏡を反射鏡にした。姿見を作るために雪音たちから提供された手鏡が、姿見以外でも役に立った。

ランタン型には、ぶら下げられるようにカラビナをつけた。これは、俺が元々持っていたペットボトルのおまけのやつを〈複製（デュプリケイト）〉したもので、現代日本仕様だ。腰につけたりできるけど、盾や槍につけられるようにするには、そっちにも加工が必要だろう。

「こっちは、牧野リクエストの魔法習得用の魔術具」

現在制作中の牧野の装備は、ガントレットがあるので腕につけられず、チョーカー型にした。前に《風魔法》の〈ウインドボール〉を、右に《闇魔法》の〈シャドーボール〉を、左に《光魔法》の〈ライト〉と、三つつけている。場所的に使用時に意識しやすいだろう。総ＭＰ低めの牧野のために、レベル低めの魔法にしておかないと、さらにポーションがぶ飲みすることになるから。

後は、ポーチをマジックポーチにするための魔道具。これはコピー品だ。

「じゃあ、これ仕上がった分、お願い」

雪音がポーチを三つ渡してきた。

「三つ？　今作っているので四つ目？」

「うん、最後は自分の。これはカナちゃんので、こっちはツナデちゃんと風舞輝の分」

「ツナデと俺？」

「ツナデちゃんは解体もするんでしょう？　リュックにナイフとかもあったし、手先はあたしたち以上に器用みたいだし、あった方がいいと思って。ルーナちゃんはすでにポーチをつけていたから、いいかなって」

ツナデもポーチは喜ぶかな。服は嫌がっていたが、リュックは背負っているし。

ツナデ用はベルト付きになっていて、まるっとウエストポーチだな。

でも、俺は《インベントリ》があるから。

「カナちゃんもだけど、風舞輝も《アイテムボックス》を誤魔化すために、そのショルダーバッグを使ってるよね。それって嵩張るから、風舞輝もポーチをつけた方がいいだろうと思って」

「俺は前衛じゃないから、少々大きな荷物を持っていても変じゃないだろう」

そう言うと、雪音の眉がヘニョッとなった。

「……実際そうかもしれないけど、女子と子供に前衛任せて、男子の風舞輝が後ろって、見た感じよくないと思うの。他人の目のあるところでは前に出た方がよくない？」

そう言われればそうだが……この世界は、スキルやステータスに職業補正がある。男女のそういう立ち位置ってない気がするんだよな。

雪音の日本人的な感覚だとそうなのかな。俺と牧野は若干ゲーム脳だから、あんまり気にしてなかったかも。

「ありがとう。俺も使わせてもらうよ」

受け取ったポーチに《錬金術》を施す。見ればワンポイントに刺繍がされていた。牧野には音符マーク、ツナデのものにはデフォルメされたお猿の顔、俺のには雪の結晶だ。

本当細かいなあれ？　雪音のも雪の結晶じゃん。おそろい？

「なに？」

「いや、別に」

手元を覗き込んだら、睨まれた。なんで？


「「ただいま〜」」

ルーナとツナデ、それに牧野が続いた。

「帰ったわ」

「お帰りなさい」

雪音が出迎えに立ち上がる。

「お帰りなさいませ」

そこにチャチャもお茶の用意をして現れた。

『まま〜？　まま？』

「帰った」

いまだ分身に慣れないオロチマルが、俺を見て後ろを振り向き、首を傾げる。

その後ろからジライヤが、そして最後に分身体の俺。

「お疲れ〈合身〉」

すぐに一人に戻る。説明を聞くより〈合身〉して記憶を共有した方が早い。

「牧野、《聖魔法》を習得できたんだ」

二階で装備を外し、リビングに戻ってきた牧野に声をかける。

「ええ、これありがとう」

スキルを習得してしまえば、魔術具はもう必要ない。《聖魔法》レベル2の〈浄化（ピュリファイ）〉の魔術具だが、魔法を習得した時点で使えるようになるのはレベル1の〈清浄（ピュア）〉だ。今後は魔術具ではなく、自分で使ってレベルを上げる。その方が使用ＭＰが少なくすむから。

「カーはモンスター見つけるたびに《聖魔法》かけるから」

ルーナは《聖魔法》が苦手だから、少し不満そうだ。

アンデッド以外には攻撃としての効果はない〈浄化（ピュリファイ）〉だ。とはいえ、闇属性持ちはいやな感じがするらしいし、それ以外でも魔法をかけられると一瞬怯（ひる）む。というか、《聖魔法》って自分の前に発動するタイプだから、牧野はまず突っ込んでから使ってたんだな。

離れた位置から《聖魔法》を対象にかけられるよう、〈空間指定〉の魔術具と交換しよう。〈空間指定〉は消費ＭＰが少ないから牧野でも使える。けれど《空間魔法》を覚えても、ＭＰ量の問題でレベル2以降が使えないので覚える意味はなさそう。

『イエス、マスター。奏多嬢は《空間魔法》《時間魔法》《転移魔法》は魔術具による習得ができないと思われます』

ああ、適性云々（うんぬん）か。だったら魔道具だったらいいんじゃないか？　ＭＰも電池魔石つければ、消費しないし。

チャチャが淹（い）れてくれたお茶とお茶菓子に手を伸ばす牧野。

「あと、今持ってる魔法のスキルを1レベルずつ上げることができたわ。あー、ポーションと違って、チャチャが淹（い）れてくれたお茶が美味（おい）しい」

結局《インベントリ》に入っていたマジックポーションを全部使ったからな。〈複製（デュプリケイト）〉できるけど、それよりももっと回復率のいいポーションの方がいいよな。レシピとかわからないものの、魔力の込めようで回復量が増やせるはず。

ポーションじゃなくて、魔法での回復って手もあるか。

ただ、牧野にも渡しているがスキルレベル6の〈MP自然回復率上昇（マジックリジェネレーション）〉で、この世界の《回復魔法》が習得できるかどうかは《ナビゲーター》によると〝難しい〟らしい。ルーナたちに渡した《回復術》の魔術具と同じものを渡して、《回復術》習得を頑張（がんば）ってもらう？　牧野はMP低めだし、今は他の魔法スキル習得を目指しているしなあ。

諦（あきら）めて、ポーションでお腹タポタポになってもらうか。

第四章　進化

装備を注文して四日目の今日、雪音たちの防具の仮合わせにベファナルの街にやってきた。

合わせるのは雪音と牧野だけなので、ルーナたちはダンジョンへ行きたがった。だから、ベファナルの街へやってきたのは二人の他、俺とチャチャだけだった。

チャチャは今日も市場でお買い物をしてくると、別れての行動だ。

ダンジョン組には俺の分身体がついている。今回も《空間魔法》以外スキルレベル1の方がダンジョンに行く予定で、ベファナル組の移動に関しては先にゲートを繋がせ、帰りは分身体に迎えに来させるつもりだった。けれど、ここで《分身》のスキルレベルが上がった。

《分身》レベル4では〈感覚共有〉が可能になった。これまでは〈合身〉するまではお互いのことがわからなかったんだが、〈感覚共有〉することで互いの状況もわかるようになったのだ。

それだけじゃなく、お互いの身体を通してスキルの発動が可能になったのだ。

つまり、ベファナル組の俺は《空間魔法》がレベル1だが、向こうに要請すれば、それ以上のレベルで扱う〈空間接続〉を発動できるんだよ。これでもう《分身》してても移動はバッチリ。

どっちでもスキルの発動が可能なら、戦闘する分身体の方に残りのスキルも振る形で《分身》をやり直そうかとも思った。だが、ＨＰとＭＰは半分に減少しているので、〈合身〉してもそれはそのまま、そこでまたすぐ《分身》したら四分の一になってしまうため、今回は見合わせた。

二人が防具を合わせている間、俺は店の棚に並んだ武器をなんとはなしに眺めていた。

『ツナデのレベルが上がりました』

問題なく進んでいるようだ。今分身にギルドカードは持たせていないが、討伐モンスターの表示はどうなっているんだろう。

ダンジョンは昨日の続き、ベファナルの方は箱車を使っての移動だから、ギルドカードのチェックはないので、必要なときにゲートでやりとりすることを考えたんだが、そんな必要なかった。〈感覚共有〉できるから､必要なときに《インベントリ》に入れてやりとりすればいいんだよ。《アイテムボックス》と違って《インベントリ》は中身は共通で、どちらからでも出し入れできるんだから。

最初はモンスター近くにいるダンジョン組の分身体が持っていた。けれど、離れたところにいるベファナル組の俺が持っていたらどうなるのか。《インベントリ》の実験も兼ねて､ギルドカードは今、ベファナル組の俺が持っている。《インベントリ》の中に入れていると､《アイテムボックス》と違ってカードの変化がおこらないのだ。

懐(ふところ)から取り出し、裏側を見たら、ブラックマンティスの表示があった。

『ジライヤのレベルが上がりました』

今度はジライヤがレベルアップか。あ、シルバーフォックスの表示が増えた。離れていてもギルドカードに討伐モンスターの記載は増えるようだ。

ていうか、俺なしでジライヤたちが森の散策しているときのも記載されているから、無駄な心配だったかな。

意識を分身体の方に飛ばすと、銀色の狐の尾がドロップしている風景が脳裏に浮かぶ。部位破壊というか、尻尾（しっぽ）を切り落としたんだな。

「お待たせ、風舞輝」

呼ばれて〈感覚共有〉を切る。雪音たちが防具屋から出てきたので、ギルドカードを胸元に戻す。

「中で待てばよかったのに」

「ん、まあ、なんだ。で、この後はどうする？」

もっと時間がかかると思っていたとは言えない。適当に誤魔化（ごまか）しておこう。

「特にないわね。ルーナちゃんがいないから、パーティー申請もできないし」

「じゃあ、市場に行ってチャチャちゃんと合流しましょう」

牧野と雪音がそれぞれ答える。

「今日は服とかいいのか？」

そう言うと、雪音と牧野がお互いの顔を見る。

「とりあえず今必要なものはもうあるし」

「着ない服を買ってもね」

——と、牧野と雪音。

「そうだな。冒険者なんて毎日服を着替えるようなもんじゃないか」

俺は着替えてるけど。だって、チャチャが脱いだものを洗濯物としてすぐ回収しちゃうんだもん。

「お貴族様じゃあるまいし」

何か嫌な思い出があるのか、そう言う牧野の眉間に皺(しわ)がよった。

「じゃあ……」

「家主様、お待たせしました」

そこにチャチャが現れた。チャチャはどこにいても俺の気配、というか、魔力がわかるらしい。

「いいものあったか？」

「この前とそんなに代わり映えはしませんね。秋の収穫はほぼ出てしまっているようです。これからは冬の収穫物か加工品に代わっていくでしょう」

このあたりは、冬は雪が降るらしい。積もるほどではないようだ。中央山脈側は雪が降らないらしいが、フェスカに近い北の方は結構降るんだとか。

こっちに年中作物が作れるビニールハウス的なものがあるのかと思ったが、そこは魔法があるんだから、そういう使い方のできる魔法があるんだろう。

「じゃあ、帰るか」

宿の厩舎を借り続けて、空の箱車を置きっぱなしにしている。ジライヤとオロチマルがいないから、箱車を使ってゲートを繋いでも目立たない。実は街から出てないことになっているわけだ。

宿に向かってゆっくり歩きながら、三人で取りとめのない会話を続けていた。

「防具の出来はどうだった、フェブ？」

「順調よ、風舞輝。明日の午後にはでき上がるみたい」

「フェブのは金属加工もあるオーダーメイドなのに、結構早いんだね」

「そういえば俺のときも、三日と言いつつ二日ででき上がっていたな。あそこの防具屋、余裕を見た日程を告げているんじゃないかな」

「予定より遅れると印象が悪いけど、早ければ喜ばれるもの。うまい商売のやり方じゃないかしら」

牧野が冷静な意見を述べる。それはそうかも。

防具なんてそんなに買い替えるものでもないだろうけど、印象がよければまた利用しようと思うもんな。

物作りに関しては、スキル持ちが作れば制作時間は短い。雪音も《縫製》のスキルがあるから、手縫いでもミシン並みかそれ以上の速さでポーチを作ってたもんな。

「なんだかこんなゆっくりした時間って、久しぶりかも」

雪音がふっと表情を緩めた途端、ぴゅうと風が吹き、まだマダラに染まった髪を乱す。

風は冷たいものの、日差しは暖かくそこまで寒さは……俺は耐性があったわ。

「寒くないか、ユーニ」

「うん、このマント結構暖かいよ」

「あら、私には聞いてくれないのかしら」

雪音を窺うと、少しニヤついた顔の牧野が肘で俺の脇を突いてきた。痛くはないのに、こそばゆい。これは軽減されないとは。

「ついこの前まで臍だしルックだったフェブには無用だろう」

「あ、あれは斥候の衣装でっ」

俺の反撃を食らって牧野はちょっと慌てる。

「フェブはコスプレ感覚で衣装を選ぶところがあるから」

「な、ユーニ！」

多少この呼び方にも慣れてきたな。意識してないと不意に本名で呼んでしまいそうになるが。こんなやりとりをしていると、とても平和な感じがするものの、分身体はモンスターと戦闘中なんだよな。

ゲートを繋いでもらおうと〈感覚共有〉を使うが、戦闘が終わるのを待ってから森の家に帰った。時間はまだ昼前だった。

家に帰ると、チャチャが買ってきた食材を《コピー》して増やす。買い物を終えたらルーティンになっている俺の仕事だ。

こちらが昼食を取りはじめる頃、ダンジョン組の方は食事を終え、探索を再開するところだった。

そして昼食を終えると、牧野は新たな魔法の習得を目指すと言って、マジックポーションを持って外に出ていった。ダンジョン組に合流するかと思ったが、家の外でやるだけだった。

牧野は、《下位属性魔法》の習得には六属性のうち半分の《風魔法》《闇魔法》《光魔法》が足りない。すでに習得している《火魔法》《地魔法》《水魔法》のスキルレベルも低いので、レベル上げが必要だ。昨日は《聖魔法》の習得と習得済みの魔法のレベルを上げたと言っていた。今日は残りの属性魔法の習得だから、森を燃やしたりはしないだろう。

それ以外は《鑑定》の取得を目指すんだとか。あたりの木を片っ端から《鑑定》していくんだと。まあ頑張ってくれ。

俺はもう少し回復量の高いマジックポーションを作ろうと思っている。正しい材料かどうかはわからないが、エントの葉とゴールデンワイルドマッシュを使うとハイマジックポーションを超えるものができるらしいと、《ナビゲーター》が教えてくれた。

エクストラマジックポーションに近い性能になるっぽい。そこに俺のMPを込め込めすることで、回復効果が増すという寸法だ。

『スキル《調合》のレベルが上がりました』

ハイポーション系の回復効果は1000、エクストラポーション系は5000だったか？

そしてでき上がったマジックポーションは……

＝規格外マジックポーション　状態・規格外、新鮮
調薬時に通常のマジックポーションの素材に、エントの葉とゴールデンワイルドマッシュを加え、魔力を限界まで注いで作成した品。エクストラポーションを超えるMP7000を回復するものとなった。フブキが調合した薬＝

あ～、外に出せないポーションができ上がってしまった。以前作ったポーションは〈＋〉や〈－〉表示だったのに、今回は〝規格外〟って出てるよ。

よく考えたら牧野の総MPは4000ほどで、牧野より種族レベルが6低い雪音は、現時点での総MPも4000だったか。

5000回復するエクストラマジックポーションで十分なんだから、ベファナルで買っておけばよかったんだ。今までポーション類を買ったことなかったから思いつかなかった。

規格外マジックポーションは、総MP五桁（けた）のオトモズには有効だと思うので、瓶詰めするか。

『イエス、マスター。飲みやすくするために甘味や果汁を加えてみてはどうでしょう。混ぜることで効果が減少しますが』

その手があったか。この規格外マジックポーションは、どんな味がするんだろう。

混ぜ棒についた薬液を手背に落とし舐めてみる。

「エントの葉というより、ゴールデンワイルドマッシュのせいかな」

若干出汁風味というか、グルタミン酸的な後味が舌に残る。ポーション材料の薬草の苦味を凌いでいるというか、口の中が青汁と出汁な風味で、これはこれでいただけないかも。これに果汁は合わなそうだから、ハニービーのハチミツでも混ぜてみるか。

規格外マジックポーション三分の二を、ポーション用の瓶五本に詰め、残った分に蜂蜜を加えて作り直す。

そしてでき上がったのがこちら。

＝特殊マジックポーション　状態・特殊、新鮮
調薬時に通常のマジックポーションの素材に、エントの葉とゴールデンワイルドマッシュとハニービーの蜜を加え、魔力を限界まで注いで作成した品。エクストラポーションと同等のＭＰ５０００を回復するものとなった。フブキが調合した薬＝

これくらいなら、エクストラポーションと言ってもいいかな。でき上がったポーションを瓶に詰めてから、《コピー》する。そう何度も作るのも面倒くさいし。

『イエス、回復量を上げるだけなら、通常のマジックポーションにオルニスマルベリーを追加するとよいでしょう』

……そういえばオルニスマルベリーには〝ポーションの効果を上げる〟ってあったな。元々のマジックポーションに加えるだけでよかったのか。

ま、もう作ったし。新しいポーションを手に外に出て牧野を呼ぶ。

「おーい、フェブールさんや。新しいマジックポーション作ってみた。こっちの方が回復量が多いから、飲む回数を減らせるぞ」

牧野はちょうどマジックポーションをぐびっとやっているところだった。

「あら、ありがたいわ。これで終わりだったの」

五本渡したマジックポーションがもうない。あれ、〈＋＋〉で回復量７００だったんだよ。

どんだけ《鑑定》しまくってるんだ。

『イエス、マスター。魔術具によるスキルの発動は、通常よりMPを消費するようです。また、マスターは《使用MP減少》がありますが、奏多嬢は習得しておりません』

俺より消費MPが多いのに、魔術具なのでさらに増えるのか。それじゃあ仕方ないか。

「なにこれ？　特殊マジックポーションって、聞いたことないけど」

あ、《鑑定》したんだ。スキルレベル2だと、詳しい説明は見えないはず。

「牧野たちに――――」

「フェブール」

「――あ、はい。フェブールたちが使うには、エクストラポーションがちょうどよかったんだ。だけどそれ用の素材を持ってないから、普通のマジックポーションにいろいろ足してエクストラマジックポーションと同等のMPが５０００回復できるやつを作った」

「エクストラマジックポーションって、一本いくらするか知ってるの？」

「いや、今までポーション必要なかったから、買ったことはない」

「はあ～」

牧野に大きくため息をつかれた。

「ノーマルのマジックポーションは千チルト、ハイマジックポーションが二万チルト、エクストラマジックポーションは十万チルト、日本円に換算すると百万円くらいかしら」

「え、そんなにするの？」

「ヒール系と違って、マジックポーション系は時間経過で効果が落ちるから、効果の高いものほど高価よ。ＭＰ５０００を回復するなら、もっとするかもしれないわ」

こりゃあ、規格外の方は世間に出せないの決定だな。

『オロチマルのレベルが上がりました。ルーナのレベルが上がりました』

「お、ダンジョン組が頑張ってるみたいだ。じゃあ俺、戻るわ」

誤魔化すように言うと、さっさと牧野から離れることにした。

ダンジョン組はアドールダンジョンの十階層まで到達していた。十階層ではMR・Dのリトルホーンベアやアイアンスコーピオンが出現した。できるだけ部位破壊をしてから倒しているようで、ドロップも魔石以外のものを手に入れている。

『レベルが上がりました』

今倒したホーンテッドジャガーは、MR・Dだ。倒したら、霞（かすみ）のようなものがその身体から抜け出る、というか離れた。

ホーンテッドというから、あのジャガーは取り憑（つ）かれていたんだろう。

＝種族・ホーンテッドウィスプ　MR・E　固有名・―　年齢・―　状態・半消滅
死霊系アンデッドモンスター。生物に対しスキル《取り憑く（ホーンテッド）》で対象に取り憑（つ）き思考を奪う。取り憑（つ）かれると恐慌状態となり見境なく攻撃する。対象が死亡すると新たな対象に取り憑（つ）こうとする。
アンデッドのため、物理攻撃は無効＝

「ウチにまかしとき〈浄化（ピュリファイ）〉」

「～～～～～～！」

ツナデが新しく渡した《聖魔法》の魔術具で、ホーンテッドウィスプを倒した。

レイス戦のときに攻撃が通用しなかったことと、昨日牧野が《聖魔法》を覚えたこともあり「ウチも覚えたい」とツナデが言ってきたのだ。

牧野から返ってきた魔術具を〈キュアパラライズ〉と交換した。牧野よりMPが豊富なツナデだから余裕で連発できるだろう。

ルーナとジライヤは当然だが要らないと言うし、オロチマルは……まあ必要ないかなと思った。

ホーンテッドジャガーとホーンテッドウィスプ。二度美味(おい)しいモンスターのようだ。

続けて二体のホーンテッドジャガーが現れたが、難なく倒していく。

『ツナデのレベルが上がりました。ツナデの進化先が一段解放されました』

ついに、ツナデの種族レベルが30になった。進化先はなんだろう。

『イエス、マスター。ツナデの進化先はMR・Sのヴァナラマーヤーです』

ヴァナラマーヤー？　聞いたことのない種族だな。

『ハヌマーンの上位種にあたるモンスターで、雌(メス)のみの呼称になります』

とりあえず、今日の探索は終えようか。


『「「たっだいまー」」』

昨日に続き、コーカルダンジョンの中から直接ゲートを繋いで帰ってきた。今回は三日の予定で申請してあるから、一応明日までは大丈夫。明日はちゃんと一階層の門を通って手続きしないとな。

「おかえりなさいませ。お風呂の準備ができております。お食事の前に綺麗(きれい)にされてはいかがですか」

「えー」

「そやな、ひとっぷろ浴びて綺麗にしてからやな」

風呂嫌いのルーナは、チャチャの提案に渋い顔をしたが、結局ツナデに引っ張っていかれた。その間に俺は〈合身〉を済ませる。全てを〈感覚共有〉していたわけではないので、歯抜けだった記憶が補填されていく。

「なんだかツナデちゃん、嬉しそうね」

「ダンジョンでいいことがあったのかしら。宝箱があったとか？」

先に風呂を済ませた雪音と牧野が入れ違いに出てきた。髪を乾かすのに時間をかけていたのか、しっかり乾いている雪音の髪色は随分元のものに戻っていた。

牧野のショートヘアも最初はザンバラだったのだが、チャチャが整えたらしい。さすがスーパー執事精霊。美容師的なこともできるのだ。

俺も伸びてきたので切ってもらった。

「ツナデは今日のダンジョン探索で種族レベルが30に達したんだ。テイマーの従魔はある程度のレベルになると進化できるんだけど、ちょうどレベル30で進化先が解放されたのさ」

「進化って、何か特殊アイテムは必要ないの？」

牧野が興味津々で聞いてきた、それって、どこのゲームの設定だよ。

「モンスターの進化はいろいろあるみたいだが、テイマーの従魔に関してはないと思うぞ」

「お待たせや」

お風呂でピカピカにしてきた割に、ルーナ並みに早かったツナデだった。ただ、いつにも増してピカピカだ。

「《聖魔法》つこたよって、早かったやろ。魔術具もう要らんよって前のに戻してや」

ツナデは今日一日で《聖魔法》を覚えて、すでにスキルレベルが2になっている。

『イエス、マスター。ツナデは《聖魔法》の適性が高かったようです』

「ほな、フブキ。進化頼むな」

「えっと一応確認するんだが、進化せずこのままレベルを上げるって選択肢もあるよ？」

「ないない、ジライヤだけ先に行かせとくわけにいかんで」

あまり口には出さなかったが、先に進化したジライヤに対抗意識を持っていたようだ。ツナデにつけていた従魔の印を外す。頭のリボンはお風呂の前に自分で外してあったので手に持っていた。

それを俺に渡してきたので、揃えてテーブルの上に置く。

「進化先は〝ヴァナラマーヤー〟って種族らしいが、ツナデは知ってる？」

「知らんけど、なったらわかるやろ」

前も思ったが、あんまり種族にこだわってないのかな。いや、すでに何度も変わっているから今さらか。

リビングに全員集合しており、暖炉の前に立つツナデに視線が集まる。

「そないに見られると、恥ずかしいやん」

珍しくチャチャも注目していた。子犬サイズになったジライヤが俺の背後に回ると、オロチマルもそれに倣う。それを見てジライヤは仕方なさそうにため息をつくと、俺の影に沈んだ。

進化時に光るから俺の背後に回ったんだろうが、ジライヤは俺の背中をオロチマルに譲ったようだ。

オロチマルが俺の背に頭を押しつける。進化時のことを覚えていたのかと思ったら、ジライヤが念話で『目を閉じて、フブキの背中に頭をつけろ』と指示をしていた。さすがジライヤ、お兄ちゃんだ。

ルーナは手で目を押さえている。ルーナもオロチマルも光対策を終えたことを確認。

「進化時に光って、眩しいから気をつけて」

雪音たちにも注意しておく。

「よし、〈ヴァナラマーヤー〉に進化〉だ」

ジライヤのときは黒い光に包まれたのだが、ツナデはフラッシュかというくらい眩しい光を放つ。

「うおっ」

「まぶしっ」

「キャッ」

「目が、目がー！」

思っていた以上の輝きに俺、ルーナ、雪音が叫ぶ中、牧野がどこかで聞いたセリフをここぞとばかりに言っている。

目をシパシパさせて、なんとかツナデの姿を見ようとする。

「なんか変な感じやな。目線が高うなったから？」

そこには、白を通り越して白銀色の毛並みの、すらっとした……これもう猿じゃないよ。なんて言ったらいいのかな。

「ツナデ、また背が伸びた～」

すでに身長を追い抜かれていたルーナだが、さらに差が開いた。ハヌマーンのときに百二十センチを超えていたが、今は百五十、いやもう少しあるか。雪音が百六十センチくらいで、それよりも少し低い。

「お、おぱーいが……」

牧野が何か変な言葉をつぶやいているが、あれは胸のあたりの体毛がフサフサしてるだけだろう、だけだよね？

「すごい、どう見ても人っていうか、獣族でも十分通りそう」

雪音がゆっくりと上から下まで眺めて感想を言った後に「やっぱり、服着た方が……」と小さくつぶやいた。

「どないや？　フブキ」

ツナデがくるっと一回転すると、腰のあたりの体毛がまるでスカートのようにヒラリと揺れる。

前が短く後ろの方が長めで、こんなスタイルのドレスってなかったたか。

「フィッシュテールスカートみたい」

「本当、前がミニスカートどころじゃないけど、毛……体毛なのよね？」

『ねーね、ピカピカ？』

オロチマルが首を傾げる。体毛が淡く発光しているようにも見える。光を反射しているのかな。

「すごいわ。進化ってここまで姿が変わるものなの？」

牧野がツナデの変化に感嘆する。

「ああ、サイズだけでもほぼ倍近く大きくなってるかな」

「ほなこれ」

ツナデが従魔の印とリボンを差し出してきた。これも進化後の儀式みたいになったな。髪の毛——これもう髪の毛って言っていいと思う。ロングのウルフカットで一番長いところは腰のあたりまである。

ステータスってどうなったかな。

名前・ツナデ　年齢・0歳　種族・ヴァナラマーヤー
レベル・1　職業・フブキの眷属、銀猿の女王

種族がヴァナラマーヤーなんだが、職業に〝銀猿の女王〟っていうのが増えている。ジライヤのダークフェンリルと同じく、ヴァナラマーヤーも王種なんだな。

HP　10040／13000（10000＋3000）
MP　15680／26000（20000＋6000）
STR（筋　力）6500（5000＋1500）
DEF（防御力）6500（5000＋1500）
VIT（生命力）7800（6000＋1800）
DEX（器用さ）10400（8000＋2400）
AGI（敏捷性）7800（6000＋1800）
MND（精神力）9100（7000＋2100）
INT（知　力）9100（7000＋2100）
LUK（幸　運）6500（5000＋1500）
【祝福スキル】《恩恵LVMAX》
【称号スキル】《言語理解LV6》《パラメーター加算LV3》《取得経験値補正LV3》
【職業スキル】《意思疎通LV5》《取得経験値シェアLVMAX》《聖光〔NEW〕MAX》

《幻影〈NEW〉MAX》《配下使役〈NEW〉MAX》
【補助スキル】《木登りLV7》《跳躍LV7》《浮遊LV8》《分体LV6》《必中LV4》
【技工スキル】《解体LV6》《細工LV3》
【戦闘スキル】《絞扼LV3》《投擲LV5》《分体突撃LV5》《分体自爆LV1》
【魔法スキル】《全属性魔法〈NEW〉LV7》《空間魔法〈NEW〉LV1》
《重力魔法〈NEW〉LV1》《魔力操作LV7》《魔力感知LV6》
【耐性スキル】《物理耐性LV4》《魔法耐性LV5》《疼痛耐性LV4》
《状態耐性〈NEW〉LV2》
【ユニークスキル】《空間跳躍LVMAX》《シェイプチェンジLV5》
【祝福】《フェスティリカ神の祝福》
【称号】《異世界より召喚されし者の眷属》《大地を育むもの》

【称号スキル】が三つとも、それと《意思疎通》が1レベル上がっているのは、ジライヤのときと同じだな。

【補助スキル】の《蜃気楼》がなくなって《幻影》に変わっている。多分上位スキルなんだろう。

『イエス、マスター。《幻影》は《蜃気楼》の上位スキルで、対象に幻を見せることができる他、周囲に幻を投影することもできるようです』

《蜃気楼》自体さほど使ってなかったが、進化でレベルがマックスになっているみたい。

《配下使役》はジライヤも持っている王種のスキルだ。

魔法に関しては《火魔法》を持っていなかったが、ついに《全属性魔法》になって使えるように……頑張って《聖魔法》取得したのに無駄だった？

『すでに《聖魔法》を習得していたため《全属性魔法》はレベルを保持できたようです』

不足していたらレベルが下がったのか。そういえば俺のときもレベルに幅があったが、統合されると平均値になるのかな。

新たに《空間魔法》と《重力魔法》も習得している。【耐性スキル】の1レベルアップと《状態異常耐性》の取得も、ジライヤのときと同じか。【ユニークスキル】もレベルが上がっていた。

「さすがのMR・S」

「なに、そのMRって？」

俺の言葉に雪音が首を捻る。

「モンスターって、級で段階分けしてるはずよ」

あー、そういえば。

「MRは俺のオリジナルというか、《ナビゲーター》が俺にわかりやすくしたランク表示なんだ。下はHからAに上がっていって、Aの上がSで、《鑑定》すると表示されるな」

「なにそれ、羨ましい」

「じゃあSって最上位なの？　すごいわ、ツナデちゃん」

「いやまだSSとかもあるっぽい」

でもそんなのはそのあたりにはいない。何百年か前にどこかの国を破壊したドラゴンがSSらしいが、今は眠っている。あと、リヴァイアサンとかもそうか。鱗は以前見たから、あのあたりにいるんだろうな。

「こ、これはダンジョンで試してみないと」

「そやな、明日はダンジョンでかましたるわ」

牧野の言葉にやる気満々で返すツナデ。

本人いや、本猿の殺る気がビンビン伝わってきた。逃げてー！　ダンジョンモンスターさんたち、すぐに逃げてー！

そんなわけで、翌日は午前中だけという約束で、全員でダンジョンにやってきた。
ツナデが進化してどれくらい強くなったか、新しいスキルはどんな感じなのか試すためだ。
それと、牧野の魔法習得も兼ねている
それは、ダンジョンじゃなくていいんじゃないかと思ったんだが、牧野がせっかくだし十階層以降を探索してみたいと言ったこともある。昨日の探索で十階層に到達したんだ。牧野が参加した二日目のダンジョン探索では、八階層までだったからな。

今日はＭＰが枯渇する心配はない。新しいポーションだけでなく、俺が〈ＭＰギフト〉で補充できるから。まあ、分身体でも牧野くらいなら、補充しても問題なかったんだけどな。

一応牧野が魔法メインでいくということで、今日の隊列は前衛が俺とツナデ、中衛が牧野と雪音と護衛にジライヤ、後衛がオロチマルとルーナだ。でも、雪音のレベルアップをする必要があるから、トドメは雪音に譲る。瞬殺じゃなければな。

初日以外はダンジョンから直接ゲートで帰ってきているので、またゲートでやってきた。

二度目の申請は雪音以外のメンバーで三日間でしてあり、今日はちゃんと外に出て手続きをしないと。

「雰囲気は十一階層もあまり変わらないのね」

「罠の数が増えてるよ」

牧野が階段を下りてあたりを見回すと、ルーナが変化しているところを説明する。階層が進むにつれ、徐々に罠が増えたから、ルーナの《罠感知》と《罠解除》のスキルレベルが上がったんだよ。

牧野は《罠感知》は持っているが《罠解除》はない。見つけたら避けるようにしていたらしい。まあ、それが一般的だと思う。

鍵つき宝箱じゃないんだから、解除しなくてもいいと思う。

「それは違うわ。もし避けることができない罠があったら困るでしょう。私も《罠解除》覚えるようにした方がいいわね」

そう言うと牧野は前に出て、ルーナのすぐ後ろを行く。決めた隊列はなんだったんだろう？

俺は後衛のマッパーに戻った。

十一階層の地図は半分完成している。さすがに階層の広さが一、二階層の何倍もあって、まだ全部埋まっていない。牧野から預かった地図は三階層までだったから、四階層以降はルーズリーフに書き込んでいる。

五階層あたりから、階段は一ヶ所ではなく数ヶ所に増え、下に降りるほどその数が増えていく。ちなみに、全て繋がっているわけではなく、行き止まりしかないハズレもあった。

「モンスター、いたよ」

通路の突き当たりに広い空間、扉のない部屋のようなそれは、廃墟の出入り口風でもある。地図には袋小路というか、部屋のように広めのスペースを描き込んでいた。行き止まりだが、お宝的なものがあるかとやってきたが、ポップポイントでもあるようで、そこに数体のモンスターがいた。

俺も《気配察知》のレベル上げのため、地図を描いた後はマップ表示をオフにしている。

《ナビゲーター》のお知らせも、一時中止だ。

入り口からそっと中を覗く。

「みんな、ミノタウロス……レッサーミノタウロスね」

牧野が《鑑定》して知ったモンスター種族の名を告げる。魔術具はレベル2なので、種族名と〝牛頭系モンスター〟としか見えないそうだ。

だが《鑑定》されたことがわかったのか、一番手前のレッサーミノタウロスがこちらを振り返る。ただ俺たちの姿は見えないので、首を傾げている。

ツナデが早速《幻影》を使ったのだ。レッサーミノタウロスからは、俺たちの前に石壁があるように見えているらしい。俺たちの方からは石壁の影、というか半透明の石壁があって、向こう側が透けている。

「今はフブキたちには向こうが見えるようにしてるんや。そういう使い分けできるみたいやで」

《蜃気楼》は俺たち、というか見るもの全てに幻を見せていたが、さすが上位スキルだ。《幻影》は選んだ対象だけに見せる方法と、全てに見せる方法がある。今使っているのは、選んだ対象に見せる方法だが、対象によって見え方が異なるという使い方だ。

「便利ね。隠れなくとも隠れられているって」

牧野がそう言うと、ツナデは首を横に振った。

「見た目だけや。気配やにおいは消されへん。相手がアホのレッサーミノタウロスよって通用する」

＝種族・レッサーミノタウロス　MR・D　固有名・—　年齢・—　状態・正常
牛頭系モンスター。膂力は凄まじく、振り下ろす斧の一撃は大地を揺るがすとの伝承もあるが、下位種はそこまでの強さはない。若干気性が荒く、スキル《ぶん回し》で手にしたものは武器でも人でも構わず振り回す。人型だが知力は低くゴブリン以下。《筋力倍加》を持つ個体も多い＝

レッサーミノタウロスは、牛顔に身体は筋肉ムキムキなモンスターだ。〝知力は低く〟って、ツナデの言う通りな。その手には斧やら棍棒なんかも持っている。部屋の中では斧持ち、棍棒持ち、武器なしの三体がうろついていた。

「三体いるわね、どういうふうに倒す？」

「ツナデちゃんが新しいスキルを試すって言ってたけど」

牧野に続き、雪音が入り口からそっと中を覗く。

ツナデは、雪音がマントをリフォームして可愛さが増したケープコートというものをはおっている。マントやポンチョと違って、上のケープと下のコートの間から腕が出せるようになっていた。今までのフード付きポンチョと違い、手の自由度が高い。あと、ポーチもつけている。

「あ、《聖光》って使えるのかな」

「あれはアンデッド特化な聖属性のやつやけど、普通のモンスターに効果がないわけやない」

「じゃあ、使ってみる？」

俺がそういうとツナデが俺の方を振り返る。

「そやなあ。あれは全方向に効果があるよって、ウチが中に入って、みんなはここに隠れてられる、こういうとこの方がええかもな」

自分を中心に全方向に放たれるスキルとは、敵味方関係のない範囲攻撃みたいな？　近くにいると、俺たちにも効果があるんだとか。といっても、聖属性適性の高い者には効果が薄い。俺、雪音、牧野は聖属性適性があるので効果はないと言っていい。《聖魔法》習得できてよかったな、牧野。

それに、光の当たらないところにいれば効果はないみたいなので、ジライヤは《ダークネスハイド》で隠れていればいい。オロチマルと特にルーナに対しては効果が高いから、ツナデが中に入って《聖光》を使うことに。

「じゃあ初手はそれとして……」

《配下使役》はこのあたりに猿系モンスターがいないので使えない。《空間魔法》と《重力魔法》はレベル1だから、まだ戦闘に効果のある魔法は使えないし……あれ、そう考えたら、攻撃に特化した新しいスキルはなさそうな？

「うーん、ウチとしては今まで使えんかった《火魔法》つこうてみたいんやけど、ダンジョンであんまり《火魔法》は歓迎されんやろ」

それがあったか。

「私も習得していない魔法を使いたいのだけど」

牧野が《風魔法》のレベル4の〈ウィンドカッター〉、《闇魔法》レベル3の〈ダーククラウド〉、《光魔法》レベル2の〈ライトボール〉が使える魔術具を取りつけたタクトを前に出してアピールしてくる。

チョーカーではなくタクトになったのは「魔法使いと言えば杖」という牧野の言葉が、俺のオタク脳を納得させたというのもあるが、チョーカー型が使いにくかったのも本当だ。

持ち手にはチョーカーのときよりレベルの高い《風魔法》《闇魔法》《光魔法》の魔術具を取りつけてある。使いたい魔術具に触れて使えるようにしたし、魔術具を交換できるようにした、エントの枝で作ったタクトだ。

基本物理攻撃な牧野なので剣と装備変更しやすく、長めのステッキやワンドではないタクトは、コンパクトで身につけても邪魔にならないしな。

渡したとき、なんたらおーさとか言いながらくるくる回して遊んでいた。

「中で《聖光》つこたら飛んで戻ってくるわ」

ツナデは《空間跳躍(ちょうやく)》で行って帰ってくるという。

「じゃあ、そのあとで、この外からツナデは《火魔法》、牧野は《風魔法》でも放ってみる？」

入り口を俺が《空間魔法》の〈空間固定〉で塞(ふさ)げば大丈夫だろう。

「これ、あずかっといてや」

ツナデはそう言いながら、せっかくのおニュー装備を全て外して渡してきた。スキルレベルが上がって、見た相手の姿を映し取れるようになった《シェイプチェンジ》を試すつもりなのだ。

「気をつけて」

「いってらっしゃい」

牧野の言葉に雪音が続ける。

預かったものを《インベントリ》にしまうと、目の前には従魔の印とリボンをつけたレッサーミノタウロスが。

「ぼ゛な゛いっでぐ゛る゛わ」

濁声（だみごえ）のレッサーミノタウロス（ツナデ）。

身長二メートルのムキムキボディに従魔の印がきつそうだ。大きさ調節機能があっても、さすがにあれは外した方がよかったと思う。

レッサーミノタウロスは、突如出現したツナデを見るも何の反応もせず、ただ部屋の中をうろうろ歩き回っている。

「仲間と思っているようだな」

「フブキ、隠れて」

ルーナに引っ張られ、入り口の壁に身を張りつける形に。奥にはオロチマル、ジライヤの姿はすでにない。反対側には雪音と牧野。

次の瞬間、眩（まばゆ）い閃光が走る。

《聖光》はフラッシュというより、まるで雷が落ちたような、でも無音の光が入り口から溢（こぼ）れる。

「ブモォ～」「グボラァ」「ブフォォ」というレッサーミノタウロスの雄叫（おたけ）びが聞こえるとともに、ツナデが俺の隣に現れる。

「ほな、次は魔法攻撃な」

ツナデの言葉に待っていましたと、牧野がタクトを部屋の中に向ける。

うずくまるレッサーミノタウロスに向かって魔法を放つ。

「〈ウインドカッター〉〈ウインドカッター〉〈ウインドカッター〉〈ダーククラウド〉〈ライトボール〉」

とにかく連発している牧野の隣から、ツナデが《火魔法》を放つ。

「〈ファイヤーランス〉」

『じゃあ、ボクも～』

横からオロチマルが《ファイヤーブレス》を放った。

「ちょ、ストップ、みな魔法やめ！〈空間指定〉〈空間遮断〉」

ビシュッ、バシュッシュバババという何かを切り裂く音がしていたところに、炎攻撃が放たれた。

風と火は閉鎖空間では〝混ぜるな危険〟という注意書きが要る。竜巻状になった炎の熱がこちらに伝わってきて、慌(あわ)てて〈空間遮断〉で入り口を塞(ふさ)いだ。

「オロチマル、狭いところで《風魔法》使ってるときに《ファイヤーブレス》を使ったらダメだろ」

『そうなの？　ねーねも使ったよ』

「うちはランスやからそんなに燃え広がらん」

よくわかっていないオロチマルだが、しっかり教えておかないと。

「そうね、ブレスって火炎放射器みたいだったし、私が〈ウインドカッター〉を連発したせいで、炎が大きくなったのね」

牧野が光も通さない〈空間遮断〉の向こうを見るようにしていた視線をこちらに向ける。

『イエス、マスター。〈ウインドカッター〉一発なら問題なかったと思われます。連発したことで風の渦が発生したようです』

そんな感じだな。

「この向こう、どうなっているのかしら。触っても熱くないのね」

牧野が部屋の中の様子を確かめるかのように〈空間遮断〉の表面を撫でる。熱どころか光も通さないので、触っても中のことはこれっぽっちも感じ取れない。

どのくらいで炎が収まるのかな。

『イエス、マスター。魔法による炎ですので、延焼対象がなければほどなく鎮火します』

レンガ造りの部屋な感じだったから、燃えそうなものはなかったと思う。

『ツナデのレベルが上がりました。ツナデのレベルが上がりました。オロチマルのレベルが上がりました。ルーナのレベルが上がりました』

「あ、倒せたみたいやで」

Dランクモンスターの中でも、Cに近いと感じたけど、三体の割に経験値は少なめかな。

ツナデがもう少しレベルアップするかと思ったんだが。

『イエス、マスター。今回は奏多嬢の攻撃が加わったためと思われます』

牧野の魔法がとどめを刺したのがいるのか。

慌てて唱えた〈空間遮断〉は十秒で消えた。途端に熱気と焦げ臭いにおいが流れてきたが、燃えているものはなく、焦げた床の上には魔石と棍棒が見えた。

皆でゾロゾロ部屋の中に入っていくと、魔石以外のドロップも落ちていた。

「〈ファイヤーランス〉じゃ部位破壊はできないと思っていたけど」

「多分、カーの《風魔法》が腕を切り落としたんだよ」

牧野の言葉に、ルーナが棍棒を回収しながら推測を述べる。

「武器といっても、こんな棍棒って売れるのかしら」

レッサーミノタウロスの一体が手にしていた棍棒だ。

「まだ斧の方がよかったんだけど」

牧野がルーナから棍棒を受け取り、ポーチに……は無理だ。そこまで大きなものは想定していない。長さは野球のバットより長めで、一番太い部分は直径二十センチほどある。握りの部分も太く、人の手では両手でも余る。

「焚きつけにはなるかも」

隣で魔石を回収していた雪音が、棍棒を見て使い道を考えているようだ。

『まま～、これごはん？』

オロチマルは何かの塊を嘴で突いていた。

「お肉だ」

「肉だな」

ルーナとジライヤが、オロチマルの方へ寄っていく。

「あ、それミノ肉ね。高級食材として扱われていたのを見たよ」

雪音も肉と聞いて寄っていった。

ミノ肉か。タンとロースもドロップするんだろうか。あ、ミノは部位のミノではなく、ミノタウロスのミノね。しかし、地面に落ちた肉塊って……

「魔法の威力がだいぶ上がったみたいや。ランス系はどれも同じサイズやったけど、今回のは今までより大きかったわ。威力はそこまでやないと思とったんやけど」

ツナデが魔法の考察を述べていると、ミノ肉を回収しつつ雪音が答える。

「それはＭＮＤとＩＮＴが上がったからだよ。〈ウォーター〉。魔法の講義で教えてもらったけど、この二つは魔法の効果に影響するんだって。〈キュア〉」

雪音が魔法でミノ肉の汚れをとり、比較的綺麗な布を取り出してそれを包む。さすがに地面に落ちていた肉塊をそのままにはしないようだ。

ツナデも俺も《全属性魔法》は同じレベル7だ。俺も種族レベルが上がり、パラメーター値が上昇すると、同じ魔法でも威力が上がった感じはしたんだよな。

「はい、風舞輝」

雪音が包んだミノ肉を差し出す。食材類は時間経過のない俺の《インベントリ》に収納した方がいいからだ。

「どうする、もうちょっと続ける？」

「んー、ウチは別にいいかな。今のでわかったよって」

牧野の問いに、ツナデが返す。

「私も今ので《風魔法》を覚えられたから、いいかな」

牧野は魔法を連発した甲斐があったようだ。

「じゃあ、雪音ぇぇっと、ユーニのレベル上げをやろうか。フェブと差がついているし、種族レベル30を超えたらスキルレベルが上がるだろう？」

という俺の提案で、雪音がとどめを刺せるよう、俺たちはモンスターを拘束することにした。

「なんだか、これでレベル30超えてしまって、いいのかな」

「いいのよ。一番最初もそうだったでしょう。こういうのはみんなやっているんだから」

牧野によると、スーレリアでの最初の戦闘は、拘束されたゴブリン相手だったらしい。

そうして雪音が種族レベル31にアップしたところで、家まで送った。

雪音は今回の三日間の探索メンバーに入ってなかったからな。

「俺たちはちゃんと出口から出て、手続きしてから帰るよ」

三日間のダンジョン探索を終えたってことで。ちゃんと手続きしておかないと、行方不明者扱いされるからな。

そして、俺たちのアドールダンジョン探索は終了した。
俺たちのレベルも結構上がった。
俺は種族レベル49で、50の大台まであと少しだ。

名前・フブキ＝アマサカ　年齢・17歳　種族・異世界人
レベル・49　職業・テイマー、冒険者、救命者、錬金術師
HP　9999999999/9999999999
MP　9999894691000/9999999999999

職業に薬師が増えるかと思ったが、スキルレベルが低いからか、なかった。

STR（筋　力）6454（4610＋1844）
DEF（防御力）6860（4900＋1960）
VIT（生命力）6860（4900＋1960）
DEX（器用さ）5782（4130＋1652）
AGI（敏捷性）5390（3850＋1540）

ＭＮＤ（精神力）６８６０（４９００＋１９６０）
ＩＮＴ（知　力）５４３２（３８８０＋１５５２）
ＬＵＫ（幸　運）４９２８（３５２０＋１４０８）
【加護スキル】《インベントリーＬＶＭＡＸ》《パラメーター加算ＬＶ４》
【称号スキル】《言語理解ＬＶ８》《取得経験値補正ＬＶ４》《使用ＭＰ減少ＬＶ５》
《スキル習得難易度低下ＬＶＭＡＸ》《取得経験値シェアＬＶＭＡＸ》
《従魔パラメーター加算ＬＶ４》《生命スキル補正ＬＶＭＡＸ》
《眷属召喚ＬＶＭＡＸ》《精霊の恩恵ＬＶＭＡＸ》
【職業スキル】《従魔契約ＬＶ９》《意思疎通ＬＶ９》《錬金術ＬＶ９》
【生命スキル】《メディカルポッドＬＶ３》《回復術ＬＶ８》《治療術ＬＶ７》《蘇生術ＬＶ３》
【補助スキル】《アクティブマップＬＶ９》《鑑定ＬＶ９》《気配察知ＬＶ５》《気配隠蔽ＬＶ６》
《追跡者の眼ＬＶ４》《縮地ＬＶ４》《分身ＬＶ４》《夜目ＬＶ３》《必中ＬＶ２》
《森歩き〔ＮＥＷ〕ＬＶ１》《木登り〔ＮＥＷ〕ＬＶ１》
【技工スキル】《細工ＬＶ４》《家事ＬＶ６》《解体ＬＶ６》《調合ＬＶ５》《騎乗ＬＶ５》
《裁縫〔ＮＥＷ〕ＬＶ１》
【武術スキル】《槍術ＬＶ３》《棒術ＬＶ１》《格闘術ＬＶ４》《剣術ＬＶ６》《盾術ＬＶ１》
【魔法スキル】《全属性魔法ＬＶ７》《空間魔法ＬＶ８》《重力魔法ＬＶ５》《時間魔法ＬＶ５》

《転移魔法ＬＶ４》《状態異常魔法ＬＶ４》《魔力操作ＬＶ７》《魔法構築ＬＶ６》
《魔力感知ＬＶ５》
【耐性スキル】《状態異常耐性ＬＶ５》《物理耐性ＬＶ４》《魔法耐性ＬＶ２》《疼痛耐性ＬＶ３》
《炎熱耐性ＬＶ１》《氷寒耐性ＬＶ１》
【ユニークスキル】《ナビゲーターＬＶ６》《コピーＬＶ７》《ギフトＬＶ４》
【加護】《異世界神の加護×２》《フェステリィカ神の加護》

俺自身は戦闘に参加していないので、スキルのレベルアップは少なめ。もう牧野に「寄生プレイ」と言われても仕方ないレベルだ。

ジライヤもツナデも少しずつレベルアップしている。さすがにＭＲ・Ｓのレベルアップに必要な経験値は多そうで、ゆっくりではあるが。

オロチマルも今、種族レベル28だから、進化可能な30にはもうちょっとで届きそうだ。

何かと不穏で怪しいスーレリア王国に行くんだ。みんな強い方がいいよな。

午後からはベファナルの武具屋へ。雪音と牧野の防具を受け取り、そのまま装着。古い防具は念のため変装用にキープしておくそうだ。俺が預かるといざというときに困るので、それぞれ自分で持っておくと、袋詰めして《アイテムボックス》へ収納した。雪音はレベルアップして《アイテムボックス》の容量が増えたので、まだ余裕があると嬉しそうだった。

《アイテムボックス》はスキルレベル2の収納数が二十から、3の五十になったときもありがたかったが、まめに整理しないとすぐ埋まる。スキルレベル3から4になると、収納数が五十から一気に倍の百になるので、かなり余裕が出るんだよな。

槍の方も完成していたようで、牧野は新しい武器を試したそうにしていたが、今日はもうダンジョンへは行かないよ。

盾だけは少し調整が必要だったので、明日の朝取りに来ることになった。

二人はそのまま冒険者ギルドで移動手続きを済ます。結局、ここでパーティー申請はしなかった。明日はスーレリアに向かって出発するから、次の町の冒険者ギルドで申請しようということになった。

明日の出発に向けて、旅に必要なものを少し買っていく。何か要るかなって思ったけど、移動するのになんの準備もしないように見えるので、カムフラージュに旅の荷物を購入するんだとか。

使わないものは次の町で売るんだ。

そんなのが必要かと思ったが、そうやって移動しつつ、追手を誤魔化すためだったのかと思う。

旅道具を少量しか購入しなければ、遠くへは行っていないと思ってもらえるんだとか。

ただ移動していた俺とは違った苦労があった二人に、今晩も美味しいご飯をチャチャに作ってもらおうと、新たに決意する。

「俺たちだけで移動して、雪音たちは家で待っててもいいんだぞ？　あとでゲートで繋ぐから」

「せっかくの新装備、ちょっとは試したいじゃない」

俺の提案を、牧野が断った。その隣で、雪音が諦めたように首を横に振った。

説得はしたが無駄だったようだ。

実際雪音の経験値稼ぎも必要なので、街道に現れたモンスターは積極的に退治する方向で話がついた。街道に現れないやつもな。

「じゃあ、オルニス森林街道を北に進んで、オーランを目指す。オルニス森林街道は名前通り森の中を突っ切る道だけど、そこそこ商隊も行き来するようだし、箱車で移動するか」

この街道を徒歩移動する者はまずいない。ゴブリン集落討伐のときに利用したような野営場所が途中に何ヶ所かあるという。

ジライヤとオロチマルの二頭引きにして、御者台には牧野が座る。

ルーナは箱車の屋根に上がった。

森の空気は結構ひんやりしており、「ルーナは体毛少ないのに寒くないんか？」と、ツナデは箱車の中でチャチャが入れてくれた蜂蜜入りのホットミルクを飲んでいた。

ツナデが雪音の作ったケープコートを拒否しなかったのは、寒かったからか？

箱車の中にもエアコンの魔道具を設置して、暖かくしてみた。でも、前方にある御者台への扉を開け放っているので、冷たい風が入ってくるんだよ。エアカーテン的なものを作るべきか？

朝イチに牧野の盾を受け取ってから厩舎（きゅうしゃ）を引き払い、ベファナルの門を通って出発したものの、すぐにゲートでゴブリン集落討伐戦のときに利用した野営地へ移動する。

近くに他の獣車などはなかった、旅路はいきなりショートカットして始まった。

森林街道を行くとき、商隊は大規模なキャラバンを組むことが多いらしい。集団で移動すると、ランクの低いモンスターは近寄ってこないのだとか。ゴブリンやオークのように、人間を襲うのが好き、というか本能のようなモンスターはやってくるみたいだが。

このあたりは最近ゴブリンの集落を潰（つぶ）したばかりで、若干の空白地帯的なものがある。それも、そう遠くない頃に他のモンスターの縄張りになるという。

モンスターが現れないと、牧野が新装備を試せないので、ジライヤには《威圧》を控えてもらう。本来無意識に軽く発動している《威圧》だが、意志で強弱の調節はできる。

道中、少ないながらも現れたゴブリンは、新装備に身を包んだ牧野と雪音に瞬殺された。雪音と牧野のレベル差は多少縮まったが、また開かないよう雪音優先で戦闘している。

ルーナも戦いたそうにしていたが、オークが出たときは喜んで譲っていた。雪音たちはこの世界の女性たちほど、オークに対する嫌悪感は少ない……ていうか、その理由を知らないのかも。ま、雪音の経験値になってくれるんで、俺は歓迎するよ。

その日は、家ではなく、オルニス森林街道の野営場所で野営することにした。家を収納した跡地は念のため確保してある。周囲に目隠しとして《木魔法》で強固な壁を作ったが、壁を越えようとするモンスターはいるかもしれない。

ここには俺たちだけじゃない。他の商隊も野営しようとしている。だから、野営方法はテントを一つだけ張り、女性陣は箱車の中という分け方だ。

他の商隊がいるので、女性陣は箱車の中で身体を拭くだけに留めようとした。

「え、お風呂入れるよ」

雪音たちに、箱車をキッチンカーに替えるように、寝台車を出せるから、入浴できると教えた。そこで寝られるし。

「またこのチート男は。ありがたいけど、ありがたいけど」

と、なにやら葛藤する牧野をよそに——

「じゃあ、寝る前にお願いね、風舞輝」

雪音の方は嬉しそうにしていた。とりあえずキッチンカーに替えて夕食の準備にかかる。チャチャが。


翌朝寝台車を箱車に替え、他の商隊を見送りゆっくりめに出発した。オルニス森林街道を北に進むが、この調子で移動すると、この森を抜けるのにあと四日ほどかかりそうだ。

今日も雪音の経験値稼ぎに、近くにモンスターを察知するたびに、箱車を停めて倒しに行っていたので、他の商隊との距離は開いていった。

「街道の近くにはあまりいないのね」

牧野があたりを《サーチ》で探りながら少し残念そうに言う。

森の中に入ってフォレストベアを倒した雪音が倒木に腰かけて休憩する隣で、シールドタートルの盾を持った牧野が護衛に立つ。ジライヤとオロチマルは街道に停めた箱車に残してきているので、俺とルーナ、ツナデでフォレストベアを解体中だ。

「ごめんね。解体任せて」

「いいって、ユーニにはしっかり経験値を稼いでほしいから」

〈疲労回復〉で多少の疲れは癒せるが、短期間でレベルアップしたときは上がったステータスを馴染ませる必要があるんだとか。

俺はそんなのしてなかったけど。

『イエス、マスター。マスターはスキルレベルの上昇が早かったことと、《体術》の上位スキルである《格闘術》を習得している効果で、接近戦闘時の違和感が発生しておりません。それに、マスターは違和感が発生するほど頻繁に接近戦闘をされておりませんし』

俺の経験値は、俺というより、俺以外が戦って稼いでる。《ナビゲーター》の言う通り、種族レベルアップ前後の変化を感じるほど近接戦闘をしていなかった……ごめんなさい。

「でも、これで種族レベル33になったから、フェブにちょっと追いついたかな」

牧野はこの二日で36に上がっているが、差は3レベルなので、再会したときの5レベル差よりは縮んだ。

「もう大丈夫」

休憩を終えて雪音が立ち上がる。

「こっちも終わったから戻ろうか」

解体を済ませ、廃棄するものを埋め終わり、膝についた土を払う。

「このあたりに目ぼしいモンスターはいないし、そうしましょう」

盾を構え直すと、牧野が街道に向かって歩き出す。

そして、もうすぐ街道に出るというときだった。

「あ、鹿だ。チャチャのお土産にしよう」

ルーナが木々の向こうで息を潜めていたモンスターを見つけた。

=種族・フォーアイズディア　MR・D　固有名・―　年齢・3　状態・警戒
鹿系モンスター。四つの目のうち二つが魔力を捉える《魔力視》専用。物理的に隠れた敵を感知できるため逃げ足は速い。スキル《空中機動》でトリッキーな動きも可能=

この世界、目とか足とかの数が、地球のものより多いのは普通にいるんだよな。

足はまあいいけど、顔のパーツが多かったり少なかったりすると、ちょっと不気味な感じがする。

フォーアイズディアは警戒をしていたようで、俺たちの接近に声を上げて逃げ出した。

この距離では、雪音が倒すのは無理だ。

「まかしとき」

言うと同時にツナデの姿がかき消え、フォーアイズディアの進行方向に現れた。

それに驚いたフォーアイズディアは横に跳び、近くの木を蹴って方向転換をする。

「おお、アクロバティック」

雪音の方に追い立てるはずが、フォーアイズディアは運悪く気配を消して追いかけていたルーナに向かって飛び込む形になった。

「あ」

反射的に手のナイフを一閃するルーナ。

「ごめーん。倒しちゃった」

首を大きく切り裂かれたフォーアイズディアは、数歩たたらを踏んで、前脚から崩れ落ちた。

「うん、気にしない、気にしない」

追いかけていた雪音が走るのをやめ、ゆっくり歩いてくる。

「今日は鹿肉のステーキかしら」

牧野はすっかりこの世界に馴染んでいるようだ。ビクビクと痙攣するフォーアイズディアを見てそういう感想が出るんだから。

かく言う俺も、こと切れる前に血抜きをしてしまおうと考えている。

合図しなくてもツナデが《木魔法》で蔓をフォーアイズディアの後脚に巻きつける。つり上げると同時に俺が《土魔法》で真下に穴を掘った。

「寒くなってきたし、煮込み料理とかでもいいんじゃ……」

『レベルが上がりました。マスター――』

まだ血抜き途中なんだが、フォーアイズディアの経験値が入ってきた。そして、ついに俺の種族レベルが50に。自分の節目のレベルアップコールは、戦闘の真っ最中なことが多く、《ナビゲーター》のスキルレベルアップコールを聞き逃すんだよ。

節目にはいろいろなスキルの……あれ？　なんだか力が抜ける？

《ナビゲーター》のレベルアップコールをきちんと聞こうとしたら、足から力が抜け、その場にかくんとひざまずいてしまう。

「風舞輝、どうしたの？」

座り込んだ俺を心配して雪音が駆け寄ってきた。ツナデが突然目の前に転移、いや《空間跳躍》か……

「「フブキ」」

ルーナも心配そうに駆け寄ってきた。

「だ、大丈夫、ちょっと、眠い、だけ……」

そう、眠い。俺は《睡眠耐性》持ってるのに。なんで？

『マスター、抗わずに――』

《ナビゲーター》の声を最後に、俺に意識は途切れた。

◇　◇　◇

「風舞輝、風舞輝？」

突然、なんの前触れもなく意識を失った風舞輝を前に、私――雪音はパニックになった。

名前を連呼して揺さぶっても、目を覚ます様子がない。

「雪音、落ち着いて。とりあえず車に戻りましょう」

カナちゃんが鹿と大きな盾を《アイテムボックス》に収納すると、風舞輝を抱えようとする。

それを助けるように、私も風舞輝を持ち上げようとした。

普通なら女子高校生の私たちが、男子高校生の風舞輝を抱えることなんてできない。でも、今の私たちならできる。

「悠長に運んでる場合か。うちに任せーや」

ツナデちゃんが風舞輝に触れた途端、目の前の景色が森の中から一変した。

「え？」

「ツナデのスキル」

言いながら、ルーナちゃんが箱車の扉を開け放つ。次の瞬間、風舞輝とツナデちゃんだけが箱車の荷台に移動した。

「確か《空間跳躍》っていうスキル。鹿の前に移動してたでしょう」

カナちゃんが私の両手を握る。

「しっかりして。私の《鑑定》じゃ種族しかわからないけど、スキルレベルの高い雪音なら調べられるでしょう」

カナちゃんは習得したばかりの《鑑定》をすでに使っていたみたい。

「う、うん」

慌てて荷台に駆け上がると、チャチャちゃんが姿を現して、風舞輝に毛布をかけている。

いつの間にか、隣には子犬サイズのジライヤちゃんがいた。

ツナデちゃんは「ぴぎゃー！　ぴぎゃー」と騒いでいるオロチマルちゃんを宥めているみたい。

「大丈夫や、そないに騒ぐんやない、オロチマル！」

「どう、雪音？」

「う、うん」

私の方がカナちゃんより《鑑定》のスキルレベルが高いといっても、風舞輝ほど詳しくわかるわけじゃない。

＝種族・異世界人　状態・昏睡（こんすい）
異世界人の男性＝

「こ、昏睡（こんすい）って」

「昏睡（こんすい）？　それだけ？」

「う、うん、人の鑑定って見える情報があんまり多くないの。でも状態はわかる、それで昏睡（こんすい）って……ねえ、ルーナちゃん。《ナビゲーター》さんと念話できるんだよね。風舞輝の状態はわからないかな」

「いや、返事はないんや。あれはウチらが《ナビゲーター》と話してるんやなくて、フブキを通してるっぽい」

オロチマルちゃんを落ち着かせて戻ってきたツナデちゃんが、ルーナちゃんに代わって答えてくれた。

「とりあえず、こんな道で停まってないで、野営地まで移動した方がいいわね」

カナちゃんが提案すると、ルーナちゃんとツナデちゃんが頷（うなず）く。

「ジライヤ」

「わかった」

ルーナちゃんがジライヤちゃんの名を呼ぶと、ジライヤちゃんは外に飛び出し、ぶわりと巨大化した。そして、オロチマルちゃんと一緒に箱車を引く準備を整える。

「ウチが車の振動を抑えるよって、気にさんと気張って走りや、オロチマル」

「ぴぎゃー」

御者台に立ったツナデちゃんが何か魔法を使ったのか、走り出した箱車は、ガタンと大きく一度揺れたあと、突然滑るように動きはじめた。

「私は《サーチ》で周囲を警戒するから、雪音は風舞輝の治療を」

そう言って、カナちゃんも御者台へ向かう。

「うん、〈肉体疲労回復〉〈精神疲労回復〉〈状態回復〉〈体力回復〉〈物質疲労回復〉〈怪我治療〉〈病気治療〉〈状態──」

風舞輝の頭を膝の上に乗せると、使える限りの【回復スキル】と【治療スキル】を片っ端から唱えてみる。

でも、風舞輝はピクリとも動かないし、目を開ける様子もない。

生きているけど……死んでないけど、効果があるかな。

「〈蘇生〉」

身体の中から一気に魔力が抜けていく感じがして、少し眩暈がした。しっかりしないと。私が倒れている場合じゃない。ブルリと激しく身震いしたのは、寒さのせいじゃない。

「雪音様」

チャチャちゃんが寒がっているのかと、ブランケットを私にかけてくれた。

ルーナちゃんがアライグマリュックの中を探り、何本かのポーションを取り出してくれる。

「マジックポーション、使って」

「ありがとう」

受け取った小さな瓶の蓋を開け、一気に喉に流し込む。

「ううっ」

それは、この前風舞輝に貰ったマジックポーションと違って、苦味と酸味、甘味とそして微かな旨味のある複雑な味のポーションだった。

「ま、まず……なにこれ」

けれど、使った魔力はぐんぐんと回復していく。

=規格外マジックポーション　状態・新鮮
規格外の回復量を持つマジックポーション=

ルーナちゃんが手にしているもう一本を《鑑定》すると、そんな内容が。

でもこれで、まだまだ治療が続けられる。

「お二人とも、そんなに心配なさらずとも家主様は〝進化の眠り〟状態に入っただけですので、ほどなくお目覚めになられますよ」

オロオロする私たちと違って、キョトンと首を傾げるチャチャちゃん。

「「「え？」」」

なにその〝進化の眠り〟って？

チャチャちゃんの言葉を聞いて、私とルーナちゃんだけでなく、御者台のカナちゃんとツナデちゃんも同時に声を上げていた。

首を傾げたまま、チャチャちゃんが説明を続ける。

「人族はまれに上位種族に〝存在進化〟することがありますが、その際にしばらく眠りにつきます。それを私たちは〝進化の眠り〟と呼びます。ルーナ様もされましたよね」

「ああ～っ！　それやったんか！」

御者台のツナデちゃんが叫ぶと、突然箱車がガタガタと激しく揺れ出した。声を上げたときに、箱車の揺れを軽減していた魔法が切れたんだと思う。

「走るのやめや、ジライヤ、オロチマル、ゆっくり、ゆっくりでええよって」

徐々に速度を落とす車内に、ツナデちゃんが入ってきた。

「ルーナ、あんたオークむっちゃ倒したとき、なったやろ」

「ごめん、自分では覚えてない。でも目が覚めたら〝ハイビースト〟になってた」

「モンスターだけじゃなくて、人間も進化するの？」

御者台から中に入ってきたカナちゃんが、チャチャちゃんに尋ねた。

「しますよ。条件はわかりませんが、かなり厳しく、稀なことだと、聖霊王様にお聞きしたことがありますよ」

私だけでなく、ルーナちゃんやツナデちゃんも、ホッと安堵して身体の力が抜けるように座り込む。

「ぴぴゃあ、ぴぴゃあぁ」

「大丈夫や、寝てるだけや安心し」

外でオロチマルちゃんが声を上げた。多分風舞輝を心配する言葉を叫んでるのかな。ツナデちゃんが安心させるように声をかけていた。

「それに私もですが、ルーナ様もツナデ様方も、家主様と繋がっておりますよね。家主様に万が一があれば、繋がりが切れますから」

「「あ……」」

繋がり……？

「私は家主様と契約中の精霊、ルーナ様がたは〝眷属〟ですから、家主様からお力の一部をいただいております。繋がりが切れるとその力は消失するので、家主様が命を失うようなことがあれば、すぐにわかるのですよ」

それを聞いて、ルーナちゃんが「あはは」と力の抜けた笑いを漏らし、ツナデちゃんは「ほんまや。ちょっと慌てすぎやな」とポリポリと頬をかく。

「もう、もう、心配させすぎだわ。やっと合流できて……ほんとにもう……」

眠る風舞輝の額を優しく撫でるカナちゃん。珍しく風舞輝に優しく触れたと思ったら、最後にぺしんっと小気味よい音を鳴らして引っ叩いた。

ほんとだよ。

せっかく再会できたのに、離れていたときよりも心配させられるなんて。

「けれど、ずいぶん長い眠りですね」

街道を移動して一時間ほど経った頃、チャチャちゃんが目を覚まさない風舞輝の顔を覗き込む。

「そやなあ、ルーナのときはもっと短かったような気がするなあ」

なかなか目覚めない風舞輝を心配しつつも、さらに一時間ほど街道を移動した先に野営場があったので、まだお昼前だけど今日はそこで野営することにした。

風舞輝に貰った非常持ち出し袋が早速役に立つとは思ってもみなかったよ。

野営のため、みんなが箱車から離れたとき——風舞輝の身体が淡く光ったことに気がついたのはチャチャちゃんだけだった。

でも、チャチャちゃんはそれを特に不思議な事象とは思っていなかったから、誰にも伝えなかったと、後になって教えてもらった。

◇　◇　◇

暗い……真っ暗だ。電気のスイッチは……

えっと、それよりここどこだ。俺、ゲームしながら寝落ちしたっけ？

眠る直前に自分が何をしていたか、いまいちはっきり思い出せない。

身体は浮遊感に包まれて……これは布団の感触じゃない。

ぼんやりと、とりとめもないことを考えていたら、暗闇の中に小さな灯りが見えた。

灯りは徐々に広がっていき……

「ワン」

ジライヤ？

「ワン」

いや、あれはサスケ……サスケだ。目を凝(こ)らしてよく見ようとすると、暗闇はいつの間にか薄暮な灰色の世界に変わっていた。

けれど、灯りは徐々に遠ざかっていき、俺はそちらに行こうともがくが、実際は思うように身体が動かなかった。すると、灯りの方が俺に近づいてきた。

そこは、子供の頃に遊んだ公園だった。懐(なつ)かしいな。

砂場、ブランコ、動物を模(かたど)った乗り物などがまばらに配置されたそこは、近隣に住む子供たちの遊び場になっており、俺もサスケと一緒によく行ったな。

小さな公園で、子供たちが跳(は)ね回るようにあっちへこっちへと忙(せわ)しなく遊んでいる。

突然、砂場に小さな悲鳴が上がる。

「やあっ」

「なんだよ、変な色～」

「茶色い頭はふりょうだってばあちゃん言ってたぞ」

あれは雪音か？　そういえば、遊びに行くときもお気に入りのアライグマリュックを背負っていたっけ。

雪音は砂場で二人の男の子に挟まれていた。男の子はうずくまる雪音の明るい色の髪を引っ張ったり、頭をこづいたりして虐(いじ)めていた。

――やめてやれよ――

二人の男の子を止めようとしたが声は出ず、手を伸ばすが、伸ばした手は……あれ？　俺の手はどこ？　いや、それより俺、なんで公園を上から見ているの？

「いたい、やめてよう」

「「ふりょう、ふりょう」」

男の子二人は古い誇張表現された西部劇のインディアンのように雪音の周りを回り、囃(はや)し立てている。

――おーい――

やはり声は出ず、意識は俺が〝ここにいる〟と感じているのに、俺の身体が存在しない。

もしかして俺、死んだ？　これって幽霊的な？　死んでなくても幽体離脱とか？

「ふぇ……」

うずくまった雪音は小さく泣き声を漏らした。それが面白いことのように、さらに囃し立てる男の子二人。

あれ、片方の男の子、見覚えが……勇真じゃないか。あの吊り目間違いない。幼稚園と小学校は別だったが、こんなところで会っていたのか。というか、あいつはいじめっ子だったのか。

「やめろ、オマエら！」

砂場に隣接する滑り台の上に仁王立ちで声を上げる新たな登場人物。

……俺だよ。ああ、くそっ。ガキの頃戦隊ヒーローものにのめり込んでたんだよな。

大人になって中二の頃を振り返り黒歴史だと後悔する漫画や小説をよく読んだけど、高校二年で五歳の自分に赤面することになるとは。

がきんちょ勇真ともう一人の子供が大声に、びくりと飛び上がった。

まあ二人だけじゃあなく、雪音も大きな声に、より身を縮めているし。子供の俺は気がついてないっぽい。

「なんだよ、オマエ」

まるで往年のドラマのようなセリフをはく勇真。五歳のときにどんなテレビ見てたんだろう、勇真って。そういやあ、昔〝おばあちゃん子だった〟って話を聞いたような？　おばあちゃんと再放送の時代劇や刑事ものでも見ていたのかもしれない。

「じゃますんなよ」

がきんちょ勇真に追従するもう一人の男の子。

「オレはフブキレッドだ！」

あああ、なんだよそのフブキレッドって！　自分の名前の後ろにレッドってつけて。片足を上げて両手を斜め上に上げるポーズは、当時放送されていた戦隊ヒーローの決めポーズだ。今見ると非常に痛い。おまけに片足でふらついているし、滑り台の上で危なっかしいな。

気持ちは両手に顔を埋めてどこかの穴に潜りたいところだが、肉体がないから無理。しかも、なぜか視界を切り替えられず固定されている感じで、目も逸らせない。なにこのＳＡＮ値を削る光景。

そして、そのポーズで滑り台を滑り降りる子供の俺。うん、転んで手をぶつけるよな。痛そうに擦りながら砂場に降り立つが、姿がしまらない。

「女の子はいじめちゃダメなんだぞ？」

なぜ疑問系？

「ふりょうは悪いやつだから、いじめてもいいんだよ」

謎の理由で、こちらも胸を張るがきんちょ勇真。

「悪いやつって言う方が悪いやつだ」

ああ、俺の返答も謎の理由だった。どっちも幼稚園児だし。

「なんだよ、おまえもふりょうの仲間かよ」

「俺はふりょうじゃない、正義の戦隊ヒーローの味方だ」

なんだよそれ。正義の味方、もしくはヒーロー、いや戦隊ヒーローと言いたかったのかもしれない。うん、きっとそうだ。自分のことだけど、よくわからん。

「よし、悪いやつはこうしてやる。やれ！　サスケブラック隊員！」

ズビシッと、右手でがきんちょ勇真を指差すと、滑り台の後ろからおとなしくおすわりしていたサスケがのそりと立ち上がる。

ああ、サスケだ。サスケはまるで『何を言ってるのかな、君は。私が何をやるんですか？　やるわけがないでしょう』と、言わんばかりの視線を、子供の俺に向けている。

「どうした、サスケ隊員？」

ブラックはどこにいった？

ボーダーコリーのサスケは、ブラックと言っても額から鼻の周りにかけてと、襟（えり）と足先は真っ白のツートーンだ。

名前を呼ばれてサスケは、その前脚を一歩前に進める。

ゆっくりのっそりなサスケを見て、がきんちょ勇真たちは後退った。

サスケって本当に頭がよかったよな。考えたら五歳の子供が一人で散歩に出るなんて考えられない。でも、お袋は俺に一人で散歩をさせた。今思えば、俺がサスケに散歩させられていたのかもしれない。

サスケは『もう、あとでママに叱られても私は知りませんよ』とでも言いたそうな視線を向けている。

「サスケ？」

ガキの俺が動かないサスケのリードを掴み直し、首輪近くで握りしめる。そういえば、滑り台に登るためにリードを放してたな。

サスケは勇真たちの方に顔を向けると、一声吠えた。

「ワンッ」

「「わーっ、助けてママァ」」

幼稚園児にとって、ボーダーコリーは巨大に見えたかもしれない。サスケの一吠えで勇真たちが走って公園を出ていく。あ、こけた。これ、大人に見られていたら大問題だろう。

それに、雪音も耳を押さえて縮こまっているし。ほら、さっきより涙目だよ。

「よくやった、サスケ隊員、ほら、ユキネ、もう大丈夫だぞ」

ガキの俺は縮こまる雪音の手を取って、立ち上がらせようと引っ張った。

「「あっ」」

勢いよく引っ張った方も、引っ張られた方も、バランスを崩して倒れかかる。

そこに、さっと滑り込む黒い影……いや、サスケである。雪音ともどもサスケに支えられ、転倒をまぬがれる。

『危なっかしいですね。男の子なんですからしっかりしなさい』と言わんばかりに、鼻ヅラを子供の俺に押しつけるサスケであった。子供って力加減ができないからなあ。

「よくやったサスケ隊員、褒めてやるぞ。大丈夫か、ユキネ？」

ガキだけど、ちゃんと雪音を思いやれるとは、さすが俺。

「うん、ありがとう。サスケちゃんもありがとう。サスケちゃん、本当に飛びかかるの？」

その言葉に、サスケは心外だと言いたげにユキネの方を向く。

やっぱりサスケって、俺たちの言っていることを理解してると思う。

「サスケはそんなことしないぞ、オレの子分だからな」

謎の自信で胸を張るのはやめてくれ。なんだか胸が痛い。

それに、サスケは絶対『私の方が、お兄さんなんですが？』と思っていただろう。サスケにとっての家族内のヒエラルキーって、俺が一番下だったのではなかろうか。

「さわっていいかな？　いいかな？」

ついさっきまでべそをかいていた雪音は、大きなもふもふのサスケを見て、瞳をキラキラさせる。

そういえば雪音のおばさんは、もふもふ好きなのに犬の毛アレルギーだから、家でペットが飼えなかったんだよな。

「せっかく戸建て住宅に引っ越したのに！　もふもふを愛でられない！　もふもふが飼えない！」と悔し涙を流していた記憶がある。

幸い、雪音は母親の体質を受け継がなかった。うちに来て時々サスケと戯れていた。ただ、雪音の服についたサスケの毛でもおばさんくしゃみが出るからって、それも滅多にできなかったな。

子供の俺がサスケをじっと見る。サスケもしばらく子供の俺を見返してから、雪音の方へ歩み寄る。

『仕方ありません、ちょっとだけですよ』とでも言うように、サスケは雪音の肩に頭を載せた。

「わー、サスケちゃんふかふか～」

『ママがブラッシングしてくれてますからね。さあ、存分にわたしのモフモフを堪能しなさい』と思っているかもしれない。喋れないのでわからないが。

正面からサスケに抱きつく雪音は、そのふかふかな体毛を撫でまくる。

しばらくもふもふを楽しんでいる雪音が、サスケから離れるのを待っているのか、じっと待つ子供の俺。このとき何を考えていたんだろうか。このあたりの出来事は全然記憶にない。

「じゃあ帰るぞ、ほら」

しばらくして、子供の俺は、雪音に向かって手を差し出す。雪音はしっかり握り返してきた。

あ、ちゃんとうんちバッグの回収を忘れずに……右手にリード、左手は雪音と繋いでいるから、うんちバッグを拾えないのか。

すると、サスケがうんちバッグの持ち手を咥えた。やっぱり頭いいよな。サスケ。というか、俺が一度雪音と繋いだ手を離せばよかったんだろうに。

けれど、全て解決とでも言いたげに頷いた子供の俺は、雪音と手を繋いだまま歩き出した。

「ユキネはすぐに泣くからな」

「な、泣いてないもん」

「あいつらがいじめてきたら、オレにいうんだぞ。サスケ隊員と出動するからな」

……一人で助けに行くんじゃないのか、俺よ。サスケ頼み？

「サスケがいればじゅうにんばりき」

それを言うなら十人力だろう、しかも、人ではなくて犬なんだが。子供の自分に突っ込みを入れたい。

左手は雪音、右手にサスケのリードをしっかり握り、子供の俺は意気揚々と歩き出す。

あー、ちょっと思い出した。確か犬をけしかけたと、勇真かもう一人の子供の親が家にやって来たんだよ。この一件で目を吊り上げたお袋にしこたま叱られたんだ。あれってこの一件かあ。

その後、泣きながらサスケの犬小屋に逃げ込んだんだよな。

小屋を俺に半分占領されてサスケが迷惑そうにしてたっけ。で、俺の涙をペロリペロリと舐めとってくれたんだが、よだれまみれになった記憶が……

颯爽と歩く子供の俺と、楽しそうに歩く雪音。その一歩後ろを歩くサスケが、振り返る。

サスケと視線があった。俺の姿が見えている？　俺の身体はないのに？

「ワン」

サスケは俺を見て一吠えする。俺が見えている？

「どうした、サスケ？」

リードを引かれてサスケは歩き出す。

——サスケ⁉——

叫んだつもりの声は出ず、伸ばしたつもりの手はどこにあるのだろう。直後、真っ白な光に包まれ公園は見えなくなった。

『……の少年、天坂風舞輝。全員揃って……いないようですね』

名前を呼ばれて目を開けると、真っ白な世界にヒラヒラとした布を纏ったマネキンがいた。

「あれ？　フェスティリカ様？　あ、身体」

見ると、俺の手も身体もしっかりあった。

『はい。ここは【神界と現界の狭間】。あなたは……存在進化に至ったようですね』

「存在進化って、ルーナがハイビーストになった？」

『そうです。あなたは異世界人ですが、グラゼアの●＊#を取り込んだことで、進化に至ったようです。でも、なぜここに？』

いや、それは俺の方が聞きたい。

『そうですね。私にわからないことが、あなたにわかるはずがありませんでした。でも、ちょうどよかった。あなたに渡すものがあったのです。ただ、それより先に、異世界人のあなたに進化は負担になっているようなので、少し調整いたしましょう』

フェスティリカ神がその身に纏う布をひらりと振るうと、俺の身体に纏わりつく。途端に身体が金縛りにあったように動かなくなった。

『さて、まだ一人足らぬようですから、揃ったらまた会いましょう』

「う、あ、う」

口が上手く動かず、視界は闇に包まれ、思考は眠りに落ちる寸前のように明確に保てず、ぼんやりとした。


『まだ帰るには至らぬか』

『直接現界に力を振るうことはできませんから』

神様の声がもう一柱聞こえてきた。もしかして地球の神様？

『ふむ、存在進化に至るとは、%#◆&は少し、いや、かなり力を与えすぎたのではないか？』

『守護魂（グラゼア）がついておりました個体ですゆえ、選ばれたのではないかと』

『我らが地でも存在進化に至るものは稀（まれ）だが、続けて現れるとは。む、あれはこれの眷属であったか。これはこれで帰すのが惜（お）しく――』

うーん、地球の神様じゃないのか。

そういえば、地球の家族ってどうしてるのかな。俺たちがいなくなって心配してるんじゃないかと、なんとなくそんなことを考えた。うん、神様には考えが読まれるんだった。

『多少の齟齬（そご）はあるが、あやつはそなたらの不在はないものとしていると言っていたな。だが時がかかりすぎると綻（ほころ）びが出てしまう。急ぐがよいぞ』

う、若干一名にてこずりそうですが、努力します。

ほどなく俺の意識はそこで途切れた。

「ふむ。地球の神にせっつかれておるのだろう。ならば」
「あ、アドミラネス様！」
フェスティリカ神は風舞輝の調整を終えて、部下（精霊王）から託されていた力を与えようとしたところだった。風舞輝にかけていた神布がその身に吸収されていくところに、横からアドミラネスの神力が風舞輝を包み、一瞬輝きを放つ。

「なんだ？　フェスティリカ、早く帰れるように我も少し協力して……」

「ダメです、今精霊神から託されていた〝精霊王の加護〟を与えていたところなのですよ？　そこにアドミラネス様の加護を与えてしまったら」

けれど、風舞輝の身体は再び眩い輝きを放つ。その顔に苦悶の表情を浮かべて。

横たわる風舞輝を見るアドミラネス神とフェスティリカ神。

「どうするんですか、あれ」

「ま、まあ、地球は魔素が減少してしまった世界だ。戻っても魔素不足でロクな力は使えんだろうし、そこはあやつがなんとかすればいい」

そう言うと、アドミラネス神は姿を消した。

残されたフェスティリカ神は、アドミラネス神のせいでさらに調整が必要になった風舞輝に視線をやる。

「もう、仕事を増やさないでくださいよ……」

と、ぼやいていたとかなんとか。

第五章　加護貰いました

野営場所についた一行は、森に近い隅に箱車を停車し、野営の準備をしていた。

奏多と雪音はテントを張り、ツナデは雪音たちが風舞輝から渡されていた結界石を預かり、結界を発動させていた。

この結界石は、発動させた者により効果が変わる。そのことは、以前にツナデが使用した際に風舞輝から聞いていた。

雪音たちよりもツナデが発動させた方が効果が高いため、ツナデは六個の結界石を使って箱車とテントを囲んだ。

その後、ツナデはジライヤとルーナとで、周囲の魔物を牽制するために森に入っていた。牽制というが、単にジライヤによるマーキングである。Sランクモンスターのダークフェンリルの排泄物のにおいを嗅げば、その辺の低級モンスターは脱兎のごとく逃げていくだろう。おかげでこの野営場所はかなりの期間安全地帯となった。

オロチマルは風舞輝を気にして、開け放たれた箱車の扉に頭を突っ込んでいた。

「まあ、野営準備にオロチマルは役に立たんから」

ツナデとて風舞輝を心配していないわけではない。けれど、眷属として繋がっているため、風舞輝の無事は疑いようもなく感じられていた。

「仕方ない。オロチマルは、まだ感じられない」

ジライヤがオロチマルを見てそう言う。ジライヤとツナデは進化して、どちらもSランクモンスターに至っている。さらに風舞輝との繋がりが強くなっているせいか、オロチマルより感覚が強い。ルーナも、ハイビーストという上位種族になった効果で、その感覚はジライヤたちと同じであった。

『あっ』

突然オロチマルが声を上げると、ぽすりと座り込んだ。

「オロチマル？」

駆け寄ろうとしたルーナをジライヤが引き留め、ルーナを囲うようにして体を巨大化させる。

次の瞬間、オロチマルが眩い光を放った。

テントの中を整えていた奏多と雪音は、光を感じて外に飛び出してきた。

「何事!?」

「風舞輝！」

雪音は風舞輝に何かあったのかと勘違いして、箱車に駆け寄ろうとした。

「あー、フブキとちゃう。オロチマルや」

「え、オロチマルちゃん？」

ツナデに言われて、雪音は箱車の扉に頭を突っ込んでいるオロチマルを確かめようとして、首を傾げる。

後ろについてきた奏多も、座り込むオロチマルを見て眉を寄せた。

箱車に頭を突っ込んでいたオロチマルは、つい先ほどまでと姿が異なり、かつ一回り大きくなっていた。

「オロチマル、ちゃんよね？」

「うん、そだよー」

「えーっと……」

言葉を喋るオロチマルに、奏多は雪音を見て、首を捻る。

「強制進化だ」

「フブキの進化に引っ張られたみたいやな」

ジライヤとツナデが、冷静に状況を分析する。

「いいなあ、オロチマル」

オロチマルにまでさらに大きくなられて、一番小さいルーナは〝早くおっきくなってやる〟と強く思うのだった。

「まま、早く起きないかな」

「本当に〝まま〟って呼ばれてるのね」

オロチマルの言葉に、そんな感想を漏らす奏多。

背が伸びて立ち上がると頭は二メートルを超え、箱車の屋根よりも大きくなってしまったオロチマルは、扉の中に頭を突っ込もうとして、うまくできずに首を捻る。

「あれ？　うんしょ。うー、できないよ。ねーね、助けて」

「まあ、おおきゅうなっても、中身は変わらんみたいやな」

地走鳥種特有のダチョウっぽいフォルムが失われ、どちらかというと、自分の知るフェニックスや鳳凰っぽい姿だなと、奏多は感じていた。その羽毛はやや硬そうに見えていた黄色から、黄金色に輝くものへと変化しており、奏多の手が触りたそうにワキワキしている。

オロチマルは、クルカンからSランクモンスターの【ケツァルコアトル】に進化したのだった。

◇◇◇

「……う」

「風舞輝？」

雪音の声がした。お袋ってば、また勝手に部屋に入れたな。高校に登校しなくなってしばらくは、こうして雪音が牧野を伴って家にやってきていた。

「うーん、学校には行かないぞ……」

「寝ぼけてるのかしら。雪音に散々心配させて」

雪音だけじゃなく、牧野の声もする。

「なんだよ……お袋、牧野まで部屋にいれたのか……」

布団に潜り込もうと引っ張った感触は、自分の布団ではなく、覚えのないケットだった。そういえば、背中に当たる感触はベッドにしては硬い。まるで板の間の上に寝ているようだ。俺って、朝方までゲームやってたんだっけ？　寝落ちして床で寝てたか？　でも俺の部屋の床は絨毯(じゅうたん)敷きで、こんな板の間じゃない。

頭が触れているのも、枕ではなく温かくもっちりした何かだ。確かめるために、それを撫(な)で回す。

「キャッ」

頭上から雪音の短い悲鳴が聞こえ、手をガシッと掴まれた。目を開けると、そこにはこんもりとした双丘ごしに涙目で睨(にら)む雪音の顔があった。

「もう目が覚めたんでしょう。起きれるよね」

「あたっ」

雪音が勢いよく身を引いたことで、彼女の太ももに載っていた俺の頭が床に落ちた。

この硬い板の感触、自宅の自室ではなく箱車の中か。何か夢を見ていたんだったか、ぼんやりとする意識のまま、ぶつけた頭を擦(さす)りながら上半身を起こす。

反射的に声を出したが、実際は全然痛くないし、勢いよくぶつけたが、コブができてそうもない。

「お目覚めですか、家主様」

「チャチャ？」

心配そうな顔をしたチャチャが目の前に浮いていた。

「はい。まだ少しぼんやりとされておりますね。普段でしたらそんなご様子はお見かけしませんが、かなり長い眠りだったせいでしょうか。スッキリしそうなお茶をお淹れしましょう」

「そういえば俺、なんで箱車で寝てたんだっけ？」

寝る前のことがいまいち思い出せない。

「やっと起きたんか。そろそろオロチマル抑えるんも限界やったし」

ツナデが御者台から顔を覗かせる。

「まま〜っ、まま〜っ」

オロチマルが窓から顔を突っ込もうとするが、飾り格子があるので嘴だけ突っ込んでいる。でも、窓が壊れないように加減はしているようだ。

というか、オロチマルか？ 確かに俺の意識というか感覚というか、あれは間違いなくオロチマルだと認識している。でも、顔つきがシュッとして、嘴が長くなってないか？

「まだ外は明るいよな。俺ってどのくらい寝てた？ 《睡眠耐性》あるのになんで寝たんだ？」

外に出ると、見覚えのない野営地で、箱車の横にはテントも張られていた。あのテントは雪音たちに渡した非常持ち出し袋のやつだ。

俺たち以外にも獣車が停まっていたが、野営地の端と端にあり、距離はかなりあった。

なぜか寝る前のことが思い出せなくて混乱していると、先に外に出ていた雪音がチャチャから受け取ったカップを俺に差し出す。

「もう、本当に驚いたんだから。急に倒れて死んじゃったかと……」

そう言って雪音は、俺の胸に頭を寄せてきた。

「雪音？」

カップの中身をこぼさないように掲げ、反対の手で雪音の頭を撫でる。うん、心配させたみたいだ。

チャチャからカップを受け取った牧野が、じっと俺を見る。あ、この感じは……

「私の今の《鑑定》レベルなら種族名は見えるはずなんだけど、やっぱり、クエスチョンマークが並ぶだけだわ」

雪音がそっと俺から離れ、目元を拭う。

「チャチャちゃんが〝進化の眠り〟だから心配ないって教えてくれなかったら……」

「教えてもらってもパニくってたわよ、雪音」

そういう牧野も〝雪音〟呼びしているぞ。普段から〝ユーニ〟呼びでロールプレイを徹底していた彼女も、いささか混乱しているみたいだ。

俺は手を握ったり開いたりしてみる。肩を回してみたりしたが、特に何か変わった感じはない。

「えっと、〝進化の眠り〟って確か……」

『イエス、マスター。人間種が進化する際に、一時的に生体活動を休眠状態にすることですね』

そうそう。ルーナがハイビーストに進化したときに眠り込んだやつ。フェスティリカ神がそんなことを言っていたような。というか、《ナビゲーター》がいつもならもっと早く俺の思考に反応していたのに、今回はずいぶんゆっくりだった。

『イエス、マスター。私にもマスターの進化の影響がありました。影響といえば、マスターの進化に引っ張られてオロチマルが進化しました』

「そうだよ、オロチマル！」

「まま、ボクのこと呼んだ？」

雪音がくっついていたからか、オロチマルは遠慮して、少し後ろで待っていた。オロチマルを見て雪音が俺から離れ、牧野の隣に行く。

待っていたオロチマルが、自分の番と突っ込んできた。

顔が変わったのは進化したせいか。いや顔だけじゃなくて、全体的なフォルムもサイズも変わってるぞ。それに、なんとなく金色に光ってないか？

「まま〜、みてみて。ボク、大きくなったよ！」

頭の位置が高くなって見上げなければならないと思っていたら、胸のあたりに頭をぐいぐい押しつけてきた。これは雪音の真似か？

「オロチマルが進化できるレベル30までは、まだ2レベルあったよな」

「フブキの進化に引っ張られたんや」

そう言って後ろからツナデが抱きついてきた。ふかふかの毛だけでなく、ホワンとしたものが背中に当たる。

「そういえば、ルーナとジライヤは？」

「ん、見回りに行っとる。でもすぐ戻ってくる……って、もう戻ってきたわ」

視線を森に向けると、ルーナを乗せたジライヤが駆け込んできた。

「「フブキ！」」

「ああ、みんなに心配かけたな」

「大丈夫、身体なんともない？」

「ルーナの方が先に経験してるだろ。なんともないよ」

駆け寄ってきたルーナの頭を撫(な)でる。あれ？

「ちょっと背が伸びてないか、ルーナ」

「そう？　ちょっと服が窮屈(きゅうくつ)かも」

装備を新調したばかりで、少し余裕を持たせて作ったはずが、ぴったりしているような？

「オロチマルは大きくなったのを、フブキに見てもらいたがっていた」

ジライヤが身体を縮めて大型犬サイズになると、足元に擦り寄ってきた。

「そうだな。オロチマルのステータスを確認するか」

本当は先に自分のステータスを確認したいんだが、オロチマルが「みて、ままみて」とせっついてきた。

「えらく流暢に喋ってるな。《言語理解》スキルが上がったのか」

「うん、ユーとカーもボクとお話ししてくれたよ」

ルーナもジライヤも、最初は喋りにくそうだったのに、オロチマルはそんな感じがない。

「私は本当にカーと呼ばれていたことに驚いたわ」

オロチマルの言葉を聞いて牧野がなんともいえない表情を浮かべる。オロチマルはルーナだっていまだにルー呼びだし、二人をユーとカーって呼んでたからな。それに合わせて、ルーナたちも二人をそう呼んでいただろうに。

「ねえ、みて、ねえまま」

オロチマルが、ひたすらステータスを見ろってせっついてくる。

「どう、強くなったでしょ」

「いやこれから見るから」

名前・オロチマル　年齢・0歳　種族・ケツァルコアトル
レベル・1　職業・フブキの眷属、幻鳥の王

ちょっと待て。種族がクルカンだったから、次はククルカンだよ思ってたんだけど、ケツァルコアトルに進化してる。これってもしかして、俺の進化に引っ張られたから？

ケツァルコアトルは確かアステカ神話の神様で、あ、でも、マヤ神話じゃあククルカンって呼ばれてたから、同じ神様なんだったか？

ケツァルコアトルは〝羽毛の蛇〟っていう意味があるけど、クルカンになって尾の蛇頭はなくなったんだよな。蛇要素はどこ？　首がまた長くなったのが蛇要素？　あー、なんだかボディが羽毛と鱗の両方を備えてるぞ。

オロチマルの首を撫(な)でていると、ふわふわの金色の羽毛とひんやりする鱗の感触が伝わってきた。光っていたのは鱗（？）というわけではないか。羽もほんわかと金色に輝いている。クルカンはどちらかといえば、ダチョウみたいなスタイルだったんだが。

『イエス、マスター。クルカンは地走鳥種(ちそうちょうしゅ)ですが、ケツァルコアトルは幻鳥種で、近似種ではありません』

オロチマルって石化鳥種からずいぶん離れたな。ケツァルコアトルって、俺がやっていたゲームでは羽の生えた蛇って感じのイラストで描かれていた。

今のオロチマルは、どっちかというと、翼竜のケツァルコアトルスに近いような？　うん、羽の生えたケツァルコアトルスだな。

HP：18200／18200（14000＋4200）
MP：18100／18200（14000＋4200）
STR（筋　力）6500（5000＋1500）
DEF（防御力）7800（6000＋1800）
VIT（生命力）7800（6000＋1800）
DEX（器用さ）7800（6000＋1800）
AGI（敏捷性）9100（7000＋2100）
MND（精神力）7800（6000＋1800）
INT（知　力）5200（4000＋1200）
LUK（幸　運）5200（4000＋1200）

パラメーターは上がっているかと思ったら、STRが下がっている。あれか、足や尾の形態が変化したからかも。そのせいか、スキルも脚系のものがなくなっている。

『イエス、マスター。地走鳥種（ちそうちょうしゅ）の特色である脚力は失ってしまったようです』

せっかく歩く練習したのになあ。

【加護スキル】《恩恵ＬＶＭＡＸ》
【祝福スキル】《使用ＭＰ減少〈ＮＥＷ〉ＬＶ１》《人化〈ＮＥＷ〉》
【称号スキル】《言語理解ＬＶ４》《パラメーター加算ＬＶ３》《取得経験値補正ＬＶ３》
【職業スキル】《意思疎通ＬＶ５》《取得経験値シェアＬＶＭＡＸ》《斬空〈ＮＥＷ〉ＭＡＸ》
《配下使役〈ＮＥＷ〉ＬＶＭＡＸ》
【補助スキル】《叫声ＬＶ５》《強襲ＬＶ６》《声帯模写〈ＮＥＷ〉Ｖ１》
《超速飛行〈ＮＥＷ〉ＬＶＭＡＸ》《消音ＬＶ６》
【戦闘スキル】《ブレス〈ＮＥＷ〉ＬＶＭＡＸ》《状態異常の爪撃〈ＮＥＷ〉ＬＶ５》
《属性の爪撃〈ＮＥＷ〉ＬＶ３》《穿孔〈ＮＥＷ〉ＬＶ３》
【魔法スキル】《属性魔法〈ＮＥＷ〉ＬＶ７》《治療魔法ＬＶ６》《雷魔法ＬＶ５》
《魔力操作〈ＮＥＷ〉ＬＶ１》《魔力感知〈ＮＥＷ〉ＬＶ１》
【耐性スキル】《状態異常耐性ＬＶ６》《物理耐性ＬＶ４》《魔法耐性ＬＶ５》《疼痛(とうつう)耐性ＬＶ４》
【ユニークスキル】《変身(トランスフォーム)〈ＮＥＷ〉ＬＶＭＡＸ》《豪嵐〈ＮＥＷ〉ＬＶ１》
【加護】《フェスティリカ神の加護》
【祝福】《アドミラネス神の祝福》
【称号】《異世界より召喚されし(フブキ)使徒の従魔》《風を統(す)べる者》

喋りがうまいのは、もしかして新たなスキルの《声帯模写》のせいか。鸚鵡とか九官鳥が喋るやつ。

そしてケツァルコアトルも王種のようだ。《配下使役》に称号に《風を統べる者》というのが増えている。

というか、スキル構成が変わりすぎてもう別人、いや別鳥だよ。さらに《フェスティリカ神の祝福》が《加護》にアップして、おまけに《アドミラネス神の祝福》が増えてるんだが。

『イエス、マスター。《フェスティリカ神の加護》と《アドミラネス神の祝福》は、オロチマルだけではなく、眷属全員に付与されています』

「全員に加護と祝福？　フェスティリカ神はいいとして、アドミラネス神からはいつ？」

確か……ぼんやりとした意識の中で聞こえてきたもう一柱の神様の……

『イエス、マスター。この世界の始神であるアドミラネス神は、フェスティリカ神の上司にあたります』

「もしかして、あのときに祝福を貰ったのか」

「そういえば増えてるね」

ルーナが自分のステータスを確認しているのかな。ジライヤたちモンスターは自分のステータスを見るということはしないけど、人間はできるから。

「なんか、スキルがちょっと変化したな」

「増えた」

ツナデとジライヤも同意する。何が増えたのかと、ジライヤたちのステータスを確認することにした。

名前・ジライヤ　年齢・0歳　種族・ダークフェンリル
レベル・5　職業・フブキの眷属、黒狼の王
HP　22360／22360（17200+5160）
MP　16800／17160（13200+3960）
STR（筋　力）11076（8520+2556）
DEF（防御力）9724（7480+2244）
VIT（生命力）11076（8520+2556）
DEX（器用さ）8210（6320+1890）
AGI（敏捷性）9724（7480+2244）
MND（精神力）8320（6400+1920）
INT（知　力）6916（5320+1596）
LUK（幸　運）7020（5400+1620）
【加護スキル】《恩恵LVMAX》
【祝福スキル】《使用MP減少〔NEW〕LV1》《人化〔NEW〕》

【称号スキル】《言語理解ＬＶ５》《パラメーター加算ＬＶ３》《取得経験値補正ＬＶ３》
【職業スキル】《意思疎通ＬＶ５》《取得経験値シェアＬＶＭＡＸ》《暗黒ＭＡＸ》
《ダークネスハイドＭＡＸ》《配下使役ＭＡＸ》
【補助スキル】《咆哮ＬＶ７》《瞬脚ＬＶ７》《突進ＬＶ７》《空間機動ＭＡＸ》《影分身ＬＶ７》
《威圧ＬＶ５》《感知ＬＶ５》
【戦闘スキル】《連撃ＬＶ７》《噛砕ＬＶ５》《爪刃ＬＶ５》
【魔法スキル】《風魔法ＬＶ７》《地魔法ＬＶ４》《魔力操作ＬＶ４》《魔力感知ＬＶ５》
《魔力操作〔ＮＥＷ〕ＬＶ１》
【耐性スキル】《物理耐性ＬＶ５》《魔法耐性ＬＶ５》《疼痛（とうつう）耐性ＬＶ５》
【ユニークスキル】《変身（トランスフォーム）〔ＮＥＷ〕ＬＶＭＡＸ》《月食ＬＶ３》
【加護】《フェスティリカ神の加護》
【祝福】《アドミラネス神の祝福》
【称号】《異世界より召喚されし使徒の眷属》《闇を統（す）べる者》

オロチマルと同様《フェスティリカ神の加護》と《アドミラネス神の祝福》があった。それに関係して、スキルも変わっているんだが……
ユニークスキルが！　メタモルフォーゼがなくなって《変身（トランスフォーム）》って！　オロチマルと同じになっ

てる？《変幻》の上位互換かと思ったけど、違うのかな。ユニークスキルって、同じのはないって言ってなかったか？

『イエス、マスター。通常の【ユニークスキル】はそうですが、《変身(トランスフォーム)》はジライヤの《メタモルフォーゼ》、ツナデの《シェイプチェンジ》、オロチマルの《変幻》が統合されたスキルです。また《人化》の効果も相まって、《変身》は完全に姿を変えることが可能なものとなっております』

なにそれ、というかオロチマルにも《人化》ってあったけど、それって人に化けられるってこと？

ツナデにもあったわ。

名前・ツナデ　年齢・０歳　種族・ヴァナラマーヤー
レベル・２　職業・フブキの眷属、銀猿の女王
ＨＰ　１３３９０／１３３９０（１０３００＋３０９０）
ＭＰ　２１６３０／２６５２０（２０４００＋６１２０）
ＳＴＲ（筋　力）６６０４（５０８０＋１５２４）
ＤＥＦ（防御力）６６０４（５０８０＋１５２４）
ＶＩＴ（生命力）７９５６（６１２０＋１８３６）
ＤＥＸ（器用さ）１０５５６（８１２０＋２４３６）
ＡＧＩ（敏捷性）９０８７（６９９０＋２０９７）

ＭＮＤ（精神力）９２５６（７１２０＋２１３６）
ＩＮＴ（知　力）９２５６（７１２０＋２１３６）
ＬＵＫ（幸　運）６６３０（５１００＋１５３０）
【加護スキル】《恩恵ＬＶＭＡＸ》
【祝福スキル】《使用ＭＰ減少〈ＮＥＷ〉ＬＶ１》《人化〈ＮＥＷ〉》
【称号スキル】《言語理解ＬＶ６》《パラメーター加算ＬＶ３》《取得経験値補正ＬＶ３》
【職業スキル】《意思疎通ＬＶ５》《取得経験値シェアＬＶＭＡＸ》《聖光ＭＡＸ》
《幻影（ミラージュ）ＭＡＸ》《配下使役ＭＡＸ》
【補助スキル】《木登りＬＶ７》《跳躍（ちょうやく）ＬＶ７》《浮遊ＬＶ８》《分体ＬＶ６》《必中ＬＶ４》
【技工スキル】《解体ＬＶ６》《細工ＬＶ３》
【戦闘スキル】《絞扼（こうやく）ＬＶ３》《投擲（とうてき）ＬＶ５》《分体突撃ＬＶ５》《分体自爆ＬＶ１》
【魔法スキル】《全属性魔法ＬＶ７》《空間魔法ＬＶ２》《重力魔法ＬＶ２》
《魔力操作ＬＶ７》《魔力感知ＬＶ６》
【耐性スキル】《物理耐性ＬＶ４》《魔法耐性ＬＶ５》《疼痛（とうつう）耐性ＬＶ４》
【ユニークスキル】《空間跳躍（ちょうやく）ＬＶＭＡＸ》《変身（トランスフォーム）〈ＮＥＷ〉ＬＶＭＡＸ》
【加護】《フェスティリカ神の加護》
【祝福】《アドミラネス神の祝福》

【称号】《異世界より召喚されし使徒（フブキ）の眷属》《大地を育（はぐく）むもの》

ツナデのユニークスキルも変わっていた。まさかルーナも？

名前・ルーナ　年齢・０歳　種族・上位獣族（ハイビースト）（豹）
レベル・32　職業・フブキの眷属、森狩人（フォレストハンター）、冒険者〔ＮＥＷ〕
ＨＰ　１１９６０／１１９６０（９２００＋２７６０）
ＭＰ　７０１０／７２８０（５６００＋１６８０）
ＳＴＲ（筋　力）６１１０（４７００＋１４１０）
ＤＥＦ（防御力）６１１０（４７００＋１４１０）
ＶＩＴ（生命力）６６３０（５１００＋１５３０）
ＤＥＸ（器用さ）５０４４（３８８０＋１１６４）
ＡＧＩ（敏捷性）５７０７（４３９０＋１３１７）
ＭＮＤ（精神力）４８２０（３６８０＋１１４０）
ＩＮＴ（知　力）３７１８（２８６０＋８５８）
ＬＵＫ（幸　運）２６６５（２０５０＋６１５）
【加護スキル】《恩恵ＬＶＭＡＸ》

【祝福スキル】《使用MP減少〈NEW〉LV1》
【称号スキル】《言語理解LV3》《パラメーター加算LV3》《取得経験値補正LV2》
【職業スキル】《意思疎通LV4》《取得経験値シェアLVMAX》《罠感知LV5》
《罠設置LV3》《罠解除LV5》《命中率上昇LV5》《森歩きLV6》
【補助スキル】《察知LV4》《スニークLV5》《瞬脚LV5》
【技工スキル】《家事LV3》《解体LV5》
【武器スキル】《短剣術LV5》《双剣術LV6》《弓術LV3》《投擲術LV5》
【魔法スキル】《魔力感知LV4》《魔力操作LV4》《雷魔法LV6》《風魔法LV5》
《闇魔法LV3》
【耐性スキル】《物理耐性LV3》《魔法耐性LV3》《疼痛耐性LV3》
【ユニークスキル】《獣化LV3》
【加護】《フェスティリカ神の加護》
【祝福】《アドミラネス神の祝福》
【称号】《異世界より召喚されし使徒の眷属》

あ、さすがには《人化》はない。元々獣族は人間だし、反対に《獣化》を持ってるくらいだしな。
あと【ユニークスキル】は増えてない。元々《変身》に連なるスキルを持っていなかったからだろう。

そうだ、肝心の俺、俺のステータス！　俺は何人になったのだろうか？

ようやく可視化した自分のステータスに、俺はしばらく思考が停止した。

名前・フブキ＝アマサカ　種族・神人族、使徒
【能力(アビリティ)】《異空間》《言語理解》《眷属召喚》《精霊召喚》《眷属契約》《意思疎通》《錬金》
《自己修復》《遅老》《治癒》《蘇生》《強化》《看破》《感知》《分析》《世界地図》
《偽装》《分身》《人化》《魔法》《技巧》《武術》《魔法》《耐性》
《即死耐性》《創造》《複製》《ギフト》《幸運》《ナビゲーター》
【スキル】《スキル習得難易度低下》《メディカルポッド》《武器の扱い》《ゲート》
【加　護】《異世界神の加護×2》《フェスティリカ神の加護》《精霊王の加護》
《アドミラネス神の加護》
【称　号】《異世界より召喚されし使徒》《落とされた者》《王獣を従える者》
《生命の天秤を揺らす者》《眷属を従える者》《精霊の恩人》

……ツッコミどころが満載なんだけど、どこから突っ込もう？

まず年齢とレベル表示がなくなっている。職業とかもどっか行ったぞ！

スキルもなんだか表示が？　【能力(アビリティ)】に変わってるんだけど。あ、【スキル】は別にちゃんとある。

でも数が減ってるし。

これ何かおかしくないか？　進化に失敗してバグってるとか？　パラメーターがまるっと消えている。

『イエス、マスター。神人族はこの世界の生物と一線を画す種族です。通常の生物に適用される〝能力を数値化するパラメーター〟という概念の外に存在する種族であるため、表示は存在しません』

え？　え？　どゆこと？

『ＨＰとＭＰは、生命力と体内の保有魔力を数値化したものです。マスターは《自己修復》で多少の怪我はすぐに修復されるため、ＨＰの数値化は無意味となります』

ＨＰが多少減ってもあっという間に回復するから必要ないってこと？　でも即死はあり得るんだよね？

『心臓を潰されたり、首を切られた場合でも、すぐに対処すれば死ぬことはありません』

え、俺って不死？

「不死ではありません。《即死耐性》があるため、ほぼ即死はないというだけです』

即死耐性であって無効ではないからか。でも、即死攻撃が効かないということではないけど、攻撃を受けても回復できるってこと？　いや、それ即死無効って言っていいレベルじゃあ。

『対処が遅れれば死に至ります。今までより時間的猶予ができたに過ぎません』

いや、普通は心臓潰されたり、首を刎ねられたりしたら即死だと思うぞ。

『ＭＰについては、生物は体内に魔素を蓄積しスキルを発動しますが、マスターは環境魔素を集積し使用します。体内魔素を使いませんので、こちらも数値化する意味がありません』

それって、無尽蔵、無限ってこと？

『限度はあります。環境魔素がなくなれば使えるエネルギーがありませんから。ですが、よほどのことがない限り、環境魔素がなくなるということは、自然では起こり得ません』

ちょっとそのフラグっぽい台詞(せりふ)はヤメテ。何らかのスキルで妨害されたり、結界的なもので遮断されることはあり得るって話？

『イエス、マスター』

そう言われても目安になるものがなくなるのは……って、カンストしてインフレ起こしてたから、そもそも数値を気にしたことなかったわ。

じゃあ、他のパラメーターが消えてるのも？

『イエス、マスター。パラメーターも目安でしかありません。パラメーターは体内保有魔素量の増加によって上昇しますが、マスターの身体能力は【アビリティ】の《強化》で上げられます。体内魔素量は関係なく、パラメーターとして数値化されません』

今まで単純にレベルが上がったら、パラメーターの数値が上がるって思っていた。その仕組みとか考えたことなかったが、体内の蓄積魔素が増えたから身体能力が上昇してたってことか。

種族レベルが上がれば魔素保有量が上がるから強くなるんだ。

あれ？　じゃあ、ＭＰを使い切ったら身体能力も低下するの？

『いいえ、スキルに使える魔素量がＭＰとして表示されていますが、保有魔素量は最大ＨＰに関係しています』

もしかして、俺が初めて《メディカルポッド》を使ったときって……

『イエス、マスター。スキルとして使用できるＭＰが枯渇して、身体能力の維持のための魔素を使用しました。種族レベルに相応する体内魔素量が減少すると生命維持に影響が出るため、レベルダウンで対応しました』

そっか。ん？　じゃあ俺って、もうああいうことは起こらないってこと？

『スキルの使いすぎによる体内魔素の枯渇はありませんが、一定量の体内魔素を失えば、生命維持に支障が出ることはあります』

といっても、環境魔素をすぐに取り込める〝神人族〟では、通常枯渇はあり得ないと。

それに、身体能力全てが《強化》で上げられるということは、力とか速度だけじゃなく暗視能力とかもだから、《夜目》みたいなスキルがなくなったってことか。個別表示の必要がないのかな？

また、《強化》するための魔素はいくらでもあるから、制限なしになるのか。

『マスターは種々の【アビリティ】があるので、さまざまなことが可能となっていますが、過度に扱えば肉体を損傷することもあります』

無理はやっぱりよくないってところは変わらない。でも、【アビリティ】とスキル合わせても数がめっちゃ減っている。見覚えのあるものの方が少ない気がする。

『ほとんどが統合、集約、上位進化したためですね。《マップ》は《世界地図》へ、《サーチ》は《感知》へ、《回復術》と《治療術》は《治癒》へ変わったように。《鑑定》だけは《看破》と《分析》に分かれましたが、その能力は比較にならないほど上がっています』

項目ごとのスキルはまるっとまとめられて、《技巧》《武術》《魔法》《耐性》になったのか。

スキルもいくつか残っているが、レベル表示がないし、《ゲート》が増えてる。

『〝神人族〟の種族特性には、スキルのレベルという概念はなく、無か全かです』

持っている時点でレベルマックスってことか。

レベルとか関係ないって言われてもなあ。まあ、おいおい使っていけばわかるか。

『また、マスターが仮呼びしていたものが《ゲート》として確立されました。以降、グラゼアに存在するスキルとなります』

じゃあ、雪音とかも覚えられるってことか。

『習得条件として《空間魔法》《マップ》《鑑定》が必要なようです。また、距離により使用するMPが増えるため、マスターのような遠距離は難しいでしょう』

そっか。でもスキルとして確立されたなら、魔道具とか作れるかも。

スキルはそれとして、最後は【加護】と【称号】だよ。

オロチマルのステータスを見て《アドミラネス神の加護》がついているだろうと思ったし、一つ思い当たる節があった。

うつろな意識の中〝神界と現界の狭間〟で聞こえてきたあの声。俺が最初地球の神様かと勘違いしたフェスティリカ神とは別の神様の声。

『そうです。かの方がこの世界の上級神であられる始神アドミラネス様です。あのときマスターはアドミラネス神から加護を付与されました』

俺、アドミラネス神から加護を授かるようなこと何かしたっけ？

『マスターが何かしたというより、帰還条件を達成できるようにとの理由でした』

そっか～。あのときになあ。でも《アドミラネス神の加護》はいいとして、見覚えのない加護がもう一つある。あと称号も変わってるんだよ。いや、称号だけじゃないけど、どういうこと？

『《精霊王の加護》は領都エンテスで多くの精霊を救ったことに、精霊王が感謝して、〝神界と現界の狭間〟でフェスティリカ神を通して付与されたようです』

〝調整する〟と言っていたが、それだけじゃなかったのか。

神様三柱に精霊王からって、加護を貰いすぎな気がするんだが、そのあたりどうなんだろう。

『この世界で上級神、さらに複数の管理神から加護を貰った存在はおりません』

えー、地球の神様がせっついたせいかもしれないけど、なんで俺だけ？

『マスター以外は〝神域〟に到達しておりません。そのため、雪音嬢たちを神々は認識できないのです』

俺はマーキングされてるっぽい。他はアリの巣から一匹見つけろというようなものか。だからって俺ばっかりも悪い気がする。チート度が、爆上がりしてる感が否めない。

種族も進化して〝神人族〟かあ。なんだか知られたらやばい気がする。〝神人族〟って、モンスターでいえば、Sランク相当な感じがするなあ。

『当たらずといえども遠からず、でしょうか。アドミラネス神の加護の効果で、マスターの存在進化は〝上位人族(ハイヒューマン)〟〝魔人族〟を通り越して〝神人族〟に至りましたから』

俺って、三階級特進だったよ！

『現在地上には、種族としての〝神人族〟は存在しておりません。魔族の中から存在進化によって〝魔人族〟に至る者はいますが、〝神人族〟に至った者は歴史的に見てもわずかです。現在の魔国の王が〝魔人族〟ですね』

〝魔族〟と〝魔人族〟は別種族か。魔王様は頑張(がんば)ったら〝神人族〟になれそうかな。

『〝神人族〟は伝説上の種族、もしくは絶滅したと考えられております。ゆえに、マスターは〝生き神〟のような立ち位置にいることになります。けれど、そこで《人化》が有効になります』

《人化》で人に化けるってことか。

『イエス、マスター。《人化》の使用許可をいただけますか。また、私自身【アビリティ】に進化したことで、マスターの【アビリティ】を使用することができるようになりました。【ユニークスキル】のままでしたら【アビリティ】は使用できませんでした』

「え、《アクティブマップ》や《鑑定》みたいに？　いいけど？」

俺を《人化》してくれるのかと思って《人化》するなら立ってた方がいいのかな、と立ち上がりかけて中腰になったところで、口を開けたまま目の前を凝視（ぎょうし）することになった。

突然現れたぼんやりとした光が目前で集約していく。これは環境魔素が集まっているのか。

「人化完了です。マスター」

目の前にはなぜか幼稚園児の俺が立っていた。

「「ええええ〜〜〜！」」

俺と牧野が同時に叫（さけ）んだ。

「スキマがないくらい、みんなくっついてるね」

私――雪音とカナちゃんは、並んで椅子代わりの倒木に座ってお茶を飲む。ミントティーのようなスッとした喉越（のど）しのお茶だ。せっかくチャチャちゃんが淹（い）れてくれたけど、風舞輝は飲む暇がないみたい。

「羨（うらや）ましすぎるモフモフ天国」

ジライヤちゃんたちに囲まれる風舞輝を見て、カナちゃんがそんな感想を漏らした。

カップ越しにジライヤちゃんたちに交じるルーナちゃんを見る。チャチャちゃんに大丈夫と言われ普通に振る舞っていたルーナちゃんも、本当はかなり不安だったみたい。私が心配して風舞輝についていたから譲ってくれたんだね。

カナちゃんは、風舞輝の代わりに、自分がモフモフまみれになりたそうにしていたけど、それは無理だよ。カナちゃんって本当、黙っていればお嬢様に見えるのにね。でも、そういうところが大好きだよ。カナちゃんと一緒で本当によかったと思う。

「オロチマルちゃんは、強くなったのを風舞輝に見てもらいたいって、ずっと待ってたから」

カナちゃんは、諦(あきら)めたのか少し残念そうな顔でお茶を飲む。

「先にオロチマルちゃんのステータスを確認しているみたいだけど、私としては風舞輝が進化して、何になったのか知りたいわね」

こちらの世界は、モンスターだけでなく人間も進化するらしい。実際ルーナちゃんが上位獣族になったんだとか。地球人の私たちが進化したら、一体何人になるんだろう?

見た目は何も変わっていない風舞輝でも、種族が変わってしまったら、地球に帰って問題はないのかな。

「あら、なんだか黙り込んでしまったわ」

カナちゃんが風舞輝を見てつぶやく。

「自分のステータスを確認してるんじゃないの?」

ルーナちゃんたちも、先ほどと違ってじっと静かに風舞輝を見つめている。

「風舞輝は眷属のステータスが見れるって言ってたけど、反対はできないのよね」

「うん、ルーナちゃんもツナデちゃんも見えないって言ってた」

風舞輝が倒れたとき、私とカナちゃんの《鑑定》では風舞輝の状態が詳しく見られなかったから、眷属ならステータスが見られるんじゃないかと、お願いしてみた。

でも、二人とも風舞輝のステータスは見られないって言ってたもの。ただ、眷属として繋がっているから、無事だってことは感じたみたいで、それは教えてくれた。

だからって、心配はやめられなかったよ。

風舞輝は子供の頃からあんまり病気をしたことがなかった。小学校を休んだのは、サスケちゃんが亡くなったときくらいだったと思う。

高校二年生になって学校に来なくなったのは、ただの登校拒否だし。

ルーナちゃんが風舞輝から離れてこっちにやってきた。

チャチャちゃんがすかさず、ホットミルクの入ったカップを差し出す。

本当に風舞輝の言う通り、超優秀な精霊さんだ。

「時々独り言言ってるみたい」

カナちゃんが風舞輝の様子を見て、ルーナちゃんに尋(たず)ねる。

「うん。《ナビゲーター》と話してるみたい」

「だったら、ルーナちゃんたちにも聞こえているの？」

「ううん、ルーナたちにも聞こえない。二人で内緒話だね」

ルーナちゃんはカップ越しに風舞輝たちを見る。ジライヤちゃんたちは会話に交ざれなくとも、ひっついているだけで幸せそう。

何も知らない人が見れば、一人考え事をしているよう。でも、次の言葉は私たちにもはっきり聞こえた。

「え、《アクティブマップ》や《鑑定》みたいに？　いいけど？」

無言だった風舞輝が声を出した。ずっと、《ナビゲーター》さんと念話で話してたのかな。

突然風舞輝の前に光が集まり出した。

「なに？」

カナちゃんが立ち上がる。あれってモンスターなの？

私もカップを置いて、槍を手に立ち上がる。

「人化完了です。マスター」

光が集まって現れたのは、モンスターではなく……小さな子供。

「え、あれって、もしかして」

見覚えのある幼稚園のスモック姿。間違いない。あれは。

「子供……幼稚園のスモックかしら。としたら地球人？　まさか、地球人を召喚できるようになったとかじゃないわよね」

カナちゃんが子供の服装から思いついたことを口にした。地球人と言えば地球人なのかな？　見た目はそうだよね。

「ううん、多分違うよ、カナちゃん。あの姿って、幼稚園のときの風舞輝だもの」

「「えええええ～～～！」」

カナちゃんだけでなく、風舞輝も同じように声を上げていた。

雪音と牧野とルーナが、こちらに駆け寄ってくる。

離れた場所で野営の準備をしていた他の商隊が、何事かとこちらを見ている。

「あ、お騒がせしてすみません」

「なんでもないです」

それに気がついた雪音と牧野が、頭を下げて謝罪してことなきを得る。

「えーっと？　《ナビゲーター》？」

「イエス、マスター」

呼びかけると、《ナビゲーター》の声が頭の中ではなく、目の前から聞こえた。

そう、目の前にはなんだか見覚えのある幼稚園児が立っていた。

俺とは違って驚愕の表情を浮かべた牧野と、懐かしいものを見るような雪音。二人も俺の近くに来て、目の前の幼稚園児を注視していた。

「雪音……あなたたち、膝枕しただけで子供ができたの？」

「え？　え？　え⁇」

「俺、膝枕してもらっていたの？」

「聞いてくるのそこなの？」

牧野のよくわからないツッコミと俺の返しに戸惑う雪音。

「え？　え？」

俺は雪音の膝枕のことを思い出した。そういえば、さっき目覚めたときにしてもらっていたっけ。

俺の言葉に呆れる牧野。雪音は視線を忙しなく俺、牧野、幼稚園児に向けているが、俺と牧野は目の前の現象を理解することを放棄したわけじゃないんだよ？

「マスター？」

「えーっと、なんで幼稚園のときの俺の姿なんだ？　俺だよな」

「お嫌でしたら、こちらの姿にしましょうか」

そう言うと、一瞬《ナビゲーター》の輪郭がぼやけた。そしてまた形をとったと思ったら、今度は幼稚園のときの雪音の姿になった。

「もしかして、俺が見ていた夢のせいで、幼稚園のときの姿なのか？」

俺は眠っていた間に見た夢。あれは夢だったのか、そこははっきりしないが。

幼稚園児の俺と雪音といじめっ子二人。家の近くにある公園にはサスケの散歩で寄ることが多かった。そこであっただろう出来事を、俯瞰した位置から見ていたアレ。

実際のところあのときの記憶はほとんどないんだよ。夢を見たから過去のことだと思ったけど、もしかして実際にあったことじゃないのかも。いじめっ子の一人が勇真だったし。

でも、勇真とは中学が一緒だったから、通学区域を考えたら同じ市内に住んでいたってことだし、接触があってもおかしくないよな。

「あーもーわけわかんね」

これは《人化》のことではなく、夢のことに関してだったんだが、牧野は目の前の幼稚園児、雪音バージョンのことだと思ったようだ。

「やっぱり、膝枕で子供を……」

「カ、カナちゃん！　しっかりして。膝枕で子供はできないからあ」

雪音が牧野の腕を掴んで揺さぶっている。

「これはマスターのスキル《人化》を使わせていただき作ったボディです。幼児形態なのは、ＭＰ消費を抑えるためです」

《ナビゲーター》がそんなことを言うが。

「俺、ＭＰ関係なかっ――あーそうかそうか」

進化して〝ＭＰ無尽蔵なんです〟なんて言って、二人に変な目で見られたくない。《ナビゲーター》の〝ごまかし〟に乗っかっておこう。

チャチャが俺が手にしていたカップを、そっとひき取り、淹れ直した温かいお茶と交換してくれた。カップを受け取り、椅子代わりに腰掛けていた丸太から腰を浮かしたままだったので、そのまま座り直した。

「私って、こんな感じだったんだ」

「自分のことって案外わからないものよね……って、そういうことじゃなくって」

牧野が現実逃避をやめて突っ込んできた。どこまで説明しよう？

「ふーん。進化して手に入れたスキルね。《ナビゲーター》を実体化させるスキルなのね」

「そうそう。実体化したことで、《ナビゲーター》の言葉が雪音たちにも聞こえるようになっただろ」

そういうことにしておこう。

「風舞輝は進化したんでしょう。どうなっちゃったの？」

心配そうに俺を見る雪音。

「えっと、種族は〝上位人族〟なんだ」

一段階上の〝上位人族〟ということにして説明する。二段階上〝魔人族〟も考えたんだけど、今の魔国の王、スーレリアが討伐対象にしている魔王が〝魔人族〟なんだよ。その魔王と同じ種族なんて、俺も魔王扱いで討伐対象にされそうだから〝上位人族(ハイヒューマン)〟の方にした。しっかり《偽装》を使って、嘘のステータスを作り上げる。

俺の向かい側に牧野が座り、雪音もその隣に座る。

そして、俺の膝(ひざ)の上には幼稚園児(ナビゲーター)の雪音。やばい。ロリコン疑惑再び……

「じゃあ、ナビ音(ね)ちゃんはこれからその姿なの?」

「か、カナちゃん。そのナビ音ちゃんって」

「え、雪音姿の《ナビゲーター》だから〝ナビ音ちゃん〟よ。風舞輝の姿だとナビ輝(き)くんだったんだけど」

そう言いながら、牧野はナビ音を俺の膝(ひざ)から抱き上げ、自分の膝(ひざ)の上に座らせる。

「再現性はいかほど?」

牧野が俺に聞いてきた。

「多分百パーセントかな」

「ああ、やっぱり子供の雪音も可愛(かわい)かったのね。もっと早く会いたかったわ」

ナビ音の頭を撫(な)でつつ、そんなことを言う牧野。いまいち情緒的なものに欠ける《ナビゲーター》は、されるがままになっている。

「これで、マスターたちだけでなく、雪音嬢と奏多嬢にも情報伝達可能です」

「それはありがたいのだけど、この姿で風舞輝をマスター呼びされるのはちょっと」

「では、やはりこちらで」

《ナビゲーター》はそう言うと、また幼稚園児の俺の姿になった。

「はい、ユッキー」

すると、牧野は《ナビゲーター》を隣の雪音に渡した。

「え、あ、うん」

最初は驚く雪音だが、《ナビゲーター》を膝の上でしっかり抱き抱える。

「ナビ輝くんは遠慮しておくわ」

俺じゃなく、牧野の方がロリコンじゃないのか。こうして客観的に見ると、幼稚園児の俺も十分可愛いぞ。まあ、牧野がショタコンでなくてよかったけど。

「風舞輝、あなた身体の方はどんな感じなの」

すっかり話題を変えてきた牧野。

「特に何って、自覚するところはないな」

今までと違う感じはない。

ただ、スキルや能力はかなり上がっているみたいだ。とはいえ、使ってみないとどこまで威力が上がっているかわからないが。

《ナビゲーター》を撫でている雪音をチラッと見ながら、牧野が提案する。

「じゃあ、明日はどこかでスキルを試してみる？　どれくらい威力が上がっているか確かめないと、連携も取りにくいでしょう」

うーん、本当は誰も見ていないところで試したい気もする。

「そうだなあ」

一応返答は濁しておく。

「とりあえず、今日は食事をとって休みましょう」

すっかり夜も深まってきた。他の野営をしている商隊も煮炊きをしているようで、微かにいい匂いが漂ってくる。

「チャチャちゃんが用意してくれてるよ」

いや、この美味そうな匂いのもとはチャチャだった。

「そうだな」

「では私は一旦失礼します」

そう言って、《ナビゲーター》が姿を消す。

「あ……」

雪音が少し名残惜しそうに、霧散する魔素の光に手を伸ばす。そんな雪音をからかう機会を逃さない牧野。

「こっちじゃあ私たち成人扱いだけど、日本じゃ未成年だから、あなたたちは本当の子供はもう数年は我慢しなさいね」

俺にまで飛んできた！

「ま、牧野！」

「カ、カナちゃん！」

「チッチッチ。フェブと呼んでちょうだい」

今まで自分もユッキー呼びしてたじゃねーかよ！

牧野のムードメーカーぶりは心臓に悪すぎる。

その夜、みんなが寝静まったのを見計らって俺は一人……で行こうとしたが、俺の気配に敏感なジライヤが目を覚ました。

仕方ないから人差し指で口を押さえ、静かにするよう合図を送る。あれ、この仕草って通じるのか？

『どこか行くのか』

通じたようで《念話》を使って聞いてきた。

『ちょっと〝お試し〟な』

ジライヤも進化した後、夜に出かけたことがあるので、それだけでわかってくれた。

『あんまりなごうはあかんで』

寝台車の中で雪音たちと一緒にいたはずのツナデが、目の前に現れる。

『気いつけてな』

『ここは任せろ』

ツナデとジライヤに見送られて、俺は断絶の山脈の北のワイバーンの巣があった場所に《ゲート》でやってきた。

「〈空間記憶〉じゃなくて〈地点登録〉に変わったけど、二ヶ所を繋いでゲートを作るのは同じか」

《ゲート》を使った感じは、〈地点登録〉をしてから繋ぐので、今までとそんなに変わらないようだ。でも、〈地点登録〉に制限がないからやり放題だな。ただ、今までの〈空間記憶〉は使えないので〈地点登録〉をやり直す必要があった。

《マップ》はスクロールできる距離に制限があったけど、《世界地図》に変わったことで、その制限も解消された。行ったことのない、《サーチ》したことのない場所も見られるようになったのだ。俯瞰で大地を見る、建物の中とかまでは見られないが、まるっきりどこかのアプリのようだ。

すり鉢状になったワイバーンの巣の跡は、人が足でやって来るには難しい土地だ。

「他のモンスターもおりませんね。ワイバーンのにおいが染みついているからでしょうか」

ナビ輝姿で現れる《ナビゲーター》。

「そのスモック姿じゃなくて、この世界の服装の方がよくないか？」

「そうですね」

そう言うと、昔ルーナが着ていたようなズボンとチュニック姿になった。

「いや、そこは女物ではなく男物でお願いします」

幼稚園児とはいえ、自分が女物を着ているのを見るのはちょっと。

「子供服はルーナのもののイメージが強いせいですね」

「俺の服をそのまま縮めればいいだろう？」

参考にしてくれとばかりに、両手を広げて服を見えるようにする。フード付きマントの下は装備はつけていない。

けれど、今の姿ではなく、初期のベスト着用時を真似た姿に変わる。でも、幼稚園児のままだ。

「それより、【アビリティ】を試すのでしょう？」

「ああ、始めるか」

なんだか懐かしいな。川に向かって魔法の練習をしたのが、ずいぶん昔のような気がする。

「じゃあ〈ファイヤーボール〉っと」

「あ、マスター。ちゃんとイメージしないと」

あのときと同じ感じで撃ち出した〈ファイヤーボール〉。

ボールというには巨大な炎の塊が、頭上に現れ飛んでいった。

ドゴーーーーン、バリバリバリ、ズゴゴゴゴーン……

すり鉢の底に着弾した直径五メートルはありそうな火の玉は、巨大な火柱を上げたのち、地面に無数の地割れを作り出した。

そして周辺の森から、鳥と鳥系モンスターっぽいのが、「ギャアギャア、ピルルルゥ」と声を上げて、とまっていた木から勢いよく飛び立っていく。それ以外にも多数のモンスターの気配が離れていくのを感じた。

「慣れるまで、使用前に威力と効果をイメージしないと、先ほどのようになりますよ」

「うん、気をつけるよ」

ツナデに『なごうはあかんで』と言われたが、以前のレベルの魔法を放つのに、少し練習が必要だった。ここでちゃんと調節しておかないと、後々困ることになるから。

俺、マジで人間やめたっぽい。

2つのチートで異世界旅暮らし♪

シリーズ累計28万部(電子含む)

B6判／各定価:748円(10%税込)

異世界モンスターテイムファンタジー、コミックス絶賛発売中!

クラスメイトと異世界に転送される、と思ったらその途中、いじめっ子・勇真に突き落とされてしまった風舞輝。目覚めたら一人ぼっちで森の奥深く——。しかし、その一部始終をみていた神様は、勇真の分の加護を風舞輝に与えることに。加護2人分を得た風舞輝は無事異世界生活を切り抜けられるのか!

Webにて好評連載中! アルファポリス 漫画 検索

2023年7月から
TVアニメ
放送予定!

シリーズ累計
80万部
突破!!
(電子含む)

魔王討伐を果たした魔法剣士カイル。自身も深手を負い、意識を失う寸前だったが、祭壇に祀られた真紅の宝石を手にとった瞬間、光に包まれる。やがて目覚めると、そこは一年前に滅んだはずの故郷だった。

各定価：1320円(10%税込)
illustration：布施龍太
1～10巻好評発売中!

待望のコミカライズ!
1～10巻発売中!

漫画：三浦純
各定価：748円(10%税込)

アルファポリスHPにて大好評連載中!

アルファポリス 漫画 検索

左遷でしたら喜んで！
王宮魔術師の第二の人生はのんびり、もふもふ、ときどきキノコ？
著 みずうし
第2回
次世代ファンタジーカップ
大賞!!
&
コミカライズ決定!!
おとぼけキノコ ふわふわ白虎 世話焼き家精霊（ボガート） etc…
おバカで愉快な最強（？）パーティで
第二の人生を楽しみ尽くす！
左遷ってただのご褒美だよね。
王宮の首席魔術師ドーマは理不尽な上司に頭突きをかまして左遷された。これで気楽な研究生活が送れると、ウキウキしながら辺境の地に越したドーマ。幽霊屋敷と呼ばれる曰くつきのお屋敷に集まった新たな仲間は天然な最強剣士や家精霊（ボガート）、白虎……それにキノコ!? 彼は一癖も二癖もあるメンバーと賑やかで楽しい家を作る。しかし、そこに優秀なドーマを僻む怪しげな魔術師が忍び寄り――変わり者魔術師と愉快な仲間達のドタバタなセカンドライフ、開幕!
●定価：1320円（10%税込） ●ISBN978-4-434-31645-6 ●Illustration：はらけんし
アルファポリス

手切れ金代わりに渡されたトカゲの卵、実はドラゴンだった件

草乃葉オウル
KUSANOHA OWL

追放された
雑用係は
竜騎士となる

お人好し少年が育てる
ことになったのは めちゃかわ

最強 ちびドラゴン!

俺——ユート・ドライグは途方に暮れていた。上級冒険者ギルド『黒の雷霆』で雑用係をしていたのに、任務失敗の責任をなすりつけられ、まさかの解雇。しかも雑魚魔獣イワトカゲの卵が手切れ金代わりだって言うんだからやってられない……そんなやさぐれモードな俺をよそに卵は無事に孵化。赤くて翼があって火を吐く健康なイワトカゲが誕生——

いや、これトカゲじゃないぞ!? ドラゴンだ!

「ロック」と名付けたそのドラゴンは、人懐っこくて怪力で食いしん坊! 最強で最高な相棒と一緒に、俺は夢見ていた冒険者人生を走り出す——!

◆定価:1320円(10%税込) ◆ISBN:978-4-434-31646-3 ◆Illustration:有村

sarawareta tensei ouji ha shitamachi de slow life wo mankitsuchu!?

攫われた転生王子は下町でスローライフを満喫中!?

伽羅
kyara

アルファポリス
第2回
次世代ファンタジーカップ
スローライフ賞
受賞作!!

発明好きな少年の正体は――
王宮から消えた第一王子?

前世の知識で大改革しながら
のびのび下町ライフ!

生まれて間もない王子アルベールは、ある日気がつくと川に流されていた。危うく溺れかけたところを下町に暮らす元冒険者夫婦に助けられ、そのまま育てられることに。優しい両親に可愛がられ、アルベールは下町でのんびり暮らしていくことを決意する。ところが……王宮では姿を消した第一王子を捜し、大混乱に陥っていた! そんなことは露知らず、アルベールはよみがえった前世の記憶を頼りに自由気ままに料理やゲームを次々発明。あっという間に神童扱いされ、下町がみるみる発展してしまい――発明好きな転生王子のお忍び下町ライフ、開幕!

◉定価:1320円(10%税込) ISBN 978-4-434-31343-1 ◉illustration:キッカイキ

この作品に対する皆様のご意見・ご感想をお待ちしております。

おハガキ・お手紙は以下の宛先にお送りください。

【宛先】

〒150-6008 東京都渋谷区恵比寿 4-20-3 恵比寿ｶﾞｰﾃﾞﾝﾌﾟﾚｲｽﾀﾜｰ 8F
（株）アルファポリス　書籍感想係

メールフォームでのご意見・ご感想は右のＱＲコードから、
あるいは以下のワードで検索をかけてください。

アルファポリス　書籍の感想 

ご感想はこちらから

本書はWebサイト「アルファポリス」（https://www.alphapolis.co.jp/）に投稿されたものを、改題、改稿、加筆のうえ、書籍化したものです。

神様に加護２人分貰いました９

琳太（りんた）

2023年 2月25日初版発行

編集－加藤純・宮坂剛
編集長－太田鉄平
発行者－梶本雄介
発行所－株式会社アルファポリス
〒150-6008 東京都渋谷区恵比寿4-20-3 恵比寿ｶﾞｰﾃﾞﾝﾌﾟﾚｲｽﾀﾜｰ8F
TEL 03-6277-1601（営業） 03-6277-1602（編集）
URL https://www.alphapolis.co.jp/
発売元－株式会社星雲社（共同出版社・流通責任出版社）
〒112-0005 東京都文京区水道1-3-30
TEL 03-3868-3275
装丁・本文イラスト－みく郎
装丁デザイン－AFTERGLOW
印刷－図書印刷株式会社

価格はカバーに表示されてあります。

落丁乱丁の場合はアルファポリスまでご連絡ください。

送料は小社負担でお取り替えします。


ISBN978-4-434-31652-4 C0093